中·英·德三種語言對照

Die Verwandlung

變形記

Franz Kafka

法蘭茲·卡夫卡 著　　詹蕎語 譯

笛藤 出版

Contents

Die Verwandlung

Die Verwandlung

變形記

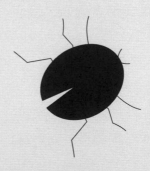

- Chapter 1 -

　　一天早晨，格雷戈爾‧薩姆沙（Gregor Samsa）從不安的夢境中醒來，發現躺在床上的自己變成一隻可怕的蟲。他硬如盔甲的背貼著床，稍稍抬頭就能看見自己隆起的棕色腹部，上面是一塊塊弧型硬殼。被子根本蓋不住他的身體，感覺馬上就要滑落。和龐大的身軀相比，那些腿卻細得可憐，只能在空中無助舞動。

　　「這是怎麼了？」他心想。這不是夢，房間雖然小了點，但這是人類的房間沒錯，是自己再熟悉不過的四堵牆。格雷戈爾是個四處跑的業務，他的布料樣品還攤在桌上，桌子上方掛著他最近從雜誌剪下來的圖片，裱在一個鍍金邊的漂亮畫框裡。圖片中的女子頭戴毛皮帽，圍著毛皮圍巾，坐得直挺挺，朝讀者的方向舉起她套著厚重毛皮手籠的前臂。

　　格雷戈爾望向窗外，天色昏暗，雨滴敲擊著窗框，讓他的心情低落。「不如再睡一下，把這些有的沒的拋到腦後。」他雖然這麼想，卻做不到，因為他習慣右側躺，但是以他目前的狀態根本無法做到。他不顧一切往右側躺，卻不斷失敗。他試了上百次，閉上雙眼不去看那些在空中舞動的腿，直到感受到一種隱隱約約卻不曾有過的痛楚，他才停下動作。

　　「噢，天啊！」他心想「我的工作未免太累人！一整天四處跑，比坐辦公室累人。還有出差帶來的壞處～擔心能不能趕上車班，飲食不規律，吃的也不好，和不同的人短暫接觸，很難深交或真心相待。真是夠了！」突然他覺得肚子一陣癢，他背貼著床，努力慢慢靠著床頭板抬起頭看，結果發現發癢的地方滿佈白色斑點，不知道是怎麼來的。他嘗試用腿碰碰看發癢的地方，但是一碰到白點，他就打了個冷顫馬上縮回。

他滑回原本躺的位置。「總是這麼早起」他心想「會讓人變笨，一定要睡飽。別的業務出差過的是奢侈的生活，每次早上回到旅館處理訂單時，這些業務總是坐在那吃早餐，我要是這樣，一定當場被開除。誰知道呢？搞不好這對我來說是件好事。如果不是爸媽，我早就不幹了。早就找老闆說清楚，告訴他我的感受，他一定會摔下桌子。坐在桌子上，居高臨下對員工說話真的很奇葩，而且老闆聽力不好，要跟他說話還得走向前。不過，人生還是有一點希望的，再過五、六年，等我賺夠錢，還完爸媽的債，我一定會辭職，到時候一切都會不同。但是，現在我必須先起床，因為火車五點就要開了。」

他看了一眼矮櫃上滴滴答答走著的鬧鐘，「我的天啊！」他心想，已經過六點半了，而且指針還在繼續移動，快要六點四十五分了。鬧鐘沒響嗎？！他從床上看到鬧鐘設定的時間跟預想的一樣是四點，鬧鐘一定響過了，但是鬧鐘震動家具的聲音也沒吵醒我嗎？沒錯，昨晚睡睡醒醒，一定是後來睡太沉了。現在怎麼辦？下一班火車是七點，如果要趕上，就要火速行動，但是布料樣品還沒收，而且還覺得有點精神不濟。就算趕上火車，也躲不過老闆的怒火，因為助理沒等到我從五點那班車下來，一定早就向老闆報告了。助理是老闆的奴才，唯唯諾諾，一點主見也沒有。如果跟他說我病了呢？這種說詞未免太過牽強、太過可疑，畢竟格雷戈爾過去五年來從沒掛過病號。老闆一定會帶醫療保險公司的醫生過來一探究竟，指責爸媽養了一個懶惰的兒子，然後聽取醫生的建議不接受報銷，因為醫生覺得沒有會生病的人，只有偷懶不工作的人。但是，這次會不會是我錯了？除了睡這麼久還覺得睏之外，格雷戈爾的確感到很健康，甚至比平常還飢腸轆轆。

已經六點四十五分了，各種想法在他腦中飛速閃過，卻仍無法決定到底要不要起床。門邊傳來了小心翼翼的敲門聲，「格雷戈爾」有人叫了他的名字，母親說道「已經六點四十五分了，你不是要出門嗎？」媽媽的聲音好溫柔。格雷戈爾在聽到自己回話的聲音後嚇了一跳，因為一點都不像自己的聲音，夾雜著從身體深處傳來，既痛苦又無法控制的嘎吱聲，開頭幾個字還算清楚，後來逐漸變成模糊不清的聲響，根本無法確定對方能否聽懂。格雷戈爾想要好好回答解釋一番，但卻只能說「好，媽，謝謝，我現在，起來了」。隔著門，葛雷戈爾聲音的變化可能沒那麼明顯，因為媽媽聽完就放心離開了。但是短暫的對話讓其他家人也注意到了格雷戈爾，很驚訝他竟然還在家，父親很快就用拳頭輕輕敲了其中一扇房門。「格雷戈爾，格雷戈爾」他說道「怎麼了嗎？」等了一會兒，他壓著怒氣，略帶警告意味喊著「格雷戈爾，格雷戈爾！」妹妹則可憐兮兮地從另一扇門問「格雷戈爾，你不舒服嗎？要幫你做點什麼嗎？」格雷戈爾隔著門回答兩人「我…好…了…」刻意咬字清晰，字與字之間停頓一下，讓聲音聽起來沒什麼異樣。父親回去繼續用早餐，妹妹則小聲說道「格雷戈爾，開門，拜託」。但是，格雷戈爾根本沒有這個打算，還因為自己常常出差養成晚上鎖門的習慣而沾沾自喜，因為即使在家他也會鎖門。

首先，他想要好好起床，不造成任何驚擾，然後穿好衣服，最重要的是，要吃早餐。唯有如此，他才知道下一步要做什麼，因為躺在床上無助於得出任何有益的結論。

他突然意識到躺在床上總是覺得有一點痛，可能是因為睡姿不良，但疼痛的感覺根本是幻想出來的，他很好奇這些幻想什麼時候才會消失。他認為聲音的變化是重感冒的徵兆，畢竟對南來北往的業務來說，這不過就是一種職業傷害。

掀開棉被很簡單，只要讓身體拱起一點點，棉被就會滑落。但是，其他的就不容易了，因為他的身體變得很龐大。以前他可以用手臂和手撐起自己，但是現在他只有細小的腿在空中亂揮，根本無法控制。想要彎曲其中一隻腿，結果卻伸得直挺挺，好不容易控制住其中一隻腿，其他條腿還是完全失控，而且惱人的四處舞動。

「在床上根本辦不到」格雷戈爾對自己說「不要再白費功夫了」。

首先，他想先讓身體的下半部離開床，但是他根本沒看過自己的下半身，也無法想像下半身的模樣。結果根本就無法移動，動作相當緩慢，最終他以一種瘋狂的方式奮力推向前，但是卻選錯了方向，狠狠撞上床柱的下緣，身體下半部熱辣辣的痛感讓他明白這就是身體最敏感的部位。

於是他嘗試讓上半身先離開床，小心翼翼地讓頭偏向一邊。這對他來說輕而易舉，儘管身體很寬也很重，還是跟著頭的方向移動了。等他的頭懸空，他卻驚覺這樣摔在地上頭不可能不受傷，所以他立刻停止動作。畢竟現在可不能暈過去，待在床上總比失去意識好。

回到床鋪跟離開床鋪一樣費力，但是他躺回床上嘆氣時，只能望著比之前更躁動的腿在空中亂揮，完全想不出如何讓混亂歸於平靜。他再次告訴自己躺在床上是毫無幫助的，最合理的行動是不計一切代價離開床。與此同時，他沒有忘記提醒自己冷靜比躁進好。在這樣的情況下，他望向窗邊，努力想看清楚窗外，不過街道仍籠罩在清晨的霧氣中，窗外的景物也完全無助於振奮精神。「已經七點了」鐘聲響起時，他對自己說道「都七點了，霧還這麼濃」。然後他又躺了一陣子，呼吸得很輕，彷彿冀望寂靜能讓一切回歸原本的正常狀態。

　　他隨即又對自己說「七點十五分以前，我一定要好好起床。而且到時候一定會有人跑來問我到底是怎麼了，畢竟公司七點前就開門了」。於是他立刻著手讓身體晃出床鋪外，如果用這種方式離開床，又能讓頭部離地，就能確保頭不受傷。背部似乎很堅硬，如果摔在地毯上大概不會有什麼事。他最擔心的是可能發出的巨大聲響，而且聲音可能會越過門，就算不引起警戒，也會引起擔憂。但是，這是必須冒的險。

　　這個方法與其說費力，倒不如說像是在玩遊戲，格雷戈爾身體有一半已經離開床鋪，現在只須要繼續來回晃動即可。他突然想到，要是有人幫忙的話，一切該有多容易。兩個身強體壯的人就能輕而易舉幫他離開床鋪～爸爸和女傭只要把手臂抵在他隆起的背部，把他從床上抬起，彎下身把他卸下，耐心等他翻身就大功告成。搞不好他細小的腿就能適得其所了。那，真的要找人幫忙嗎？姑且不論門是否鎖上？儘管處境堪慮，他還是為自己的想法莞爾一笑。

　　努力了一會兒，已經到達晃太大力很難保持平衡的狀態。他馬上就得做出決定，因為已經七點十分了。這時，公寓的電鈴響起。「一定是公司的人」他對自己說，整個人呆住，可是腿在空中揮舞得比之前更加劇烈。有一瞬間，四周一片寂靜。「他們不會開門」格雷戈爾懷抱著不切實際的希望對自己說，但是女傭一如既往邁著堅定的步伐去開門。

　　訪客一開口問好，格雷戈爾就知道公司派來的是事務長。為什麼自己非得為這種愛小題大作的公司工作？難道員工都是無賴嗎？就沒有任何一個員工盡心盡責到因為早上沒處理公事就愧疚得下不了床？不能派個實習生來看就好嗎？況且，真的有必要來嗎？事務長一定要親自跑這一趟，讓不清楚狀況的家人意識到事情不尋常，只有事務長足以調查原因嗎？與其說是做出決定，不如說是這些思緒讓他更沮喪，促使他全力晃動身體，離開了床鋪。「砰」一聲，但其實沒有那麼大聲。因為地毯，他掉落在地上的聲音更為輕柔，而且格雷戈爾的背部也比他想的有彈性，所以只不過是一記悶響，沒那麼引人注目。但是他沒有維持抬起頭的姿勢，所以掉落時撞了一下。他既痛又怒，轉轉頭，在地毯上蹭了蹭。

　　「房裡有東西掉在地上」左邊房間裡的事務長說。格雷戈爾心想今天發生在自己身上的事會不會有天發生在事務長身上，必須相信這種可能性。就像是用粗暴的方式回答這個問題一樣，事務長腳踩亮錚錚的靴子，喀喀喀的腳步聲清楚從隔壁房間傳來。右手邊的房間傳來妹妹低聲的話語：「格雷戈爾，事務長來了」。「我知道」格雷戈爾對自己說道，但是不敢提高音量讓妹妹聽見。

　　「格雷戈爾」爸爸的聲音從左手邊的房間傳來「事務長來了，他想知道為什麼你沒搭上早班車。我們不知道要怎麼回答，不管如何，他想要親自跟你談，所以請打開房門。就算房間凌亂，他也不會見怪。」

　　事務長說「早安，薩姆沙先生」。「他不太舒服」媽媽回答道，同時爸爸不斷隔著門說話。「請相信我，他真的不舒服，不然怎麼會沒搭上車。他的心思都專注在工作上了。我氣他晚上完全不出門。他待在城裡已經一週，但是每天晚上都足不出戶。他和我們一起坐在桌旁，看看報紙或是研究時刻表。他唯一的樂趣就是玩玩圓鋸了，他做了一個小畫框，而且只花了兩、三個晚上，你要是看到成品一定會很驚豔。畫框就掛在他房間的牆上，只要格雷戈爾開門就能看見。很開心你來了，我們沒辦法說服格雷戈爾開門，他固執得很，我很確定他不舒服，雖然他早上說自己沒事，但一定不是如此。」「我等等就來」格雷戈爾深思熟慮後緩慢說出，但是他一動也不動，唯恐聽漏了什麼。「薩姆沙先生，我實在想不出任何理由」事務長說「希望你沒那麼嚴重。但是，我必須說，跑業務的人就算有點不舒服，出於對工作的尊重還是要克服，不管你覺得這是好事還是壞事。」「事務長可以進去嗎？」爸爸焦急地敲門問。「不行」格雷戈爾回答。他右手邊的房間一片寂靜；左手邊房間裡的妹妹開始哭泣。

妹妹為什麼沒有走進大家在的那個房間呢？她大概才起床，根本連衣服都還沒穿好。但是，她幹嘛哭？是因為他還沒起床？而且還不讓事務長進去？因為他可能會被炒魷魚？如果真的這樣，老闆可能會跟以前一樣要求還錢嗎？根本還不用擔心這種事。格雷戈爾還待在原地，完全沒有要拋棄家人的想法。他就只是躺在地毯上，要是有人知道他現在的狀態，絕對不會要求他讓事務長進房。雖然不太禮貌，但一定很容易就能找到藉口開脫，格雷戈爾絕不會當場遭到開除。對格雷戈爾來說，與其哭哭鬧鬧，還不如別來打擾，但是他們完全不清楚情況，所以情有可原。

事務長提高音量說「薩姆沙先生，你到底怎麼了？你把自己鎖在房裡，只用『是』或『不是』回答，造成父母不必要的擔憂，而且你怠忽職守～讓我順帶一提，你無故曠職。我代表你的父母跟老闆，要求你立即給出明確的解釋。我很訝異，非常訝異。我一直認為你是一個冷靜、做事有條理的人，但是現在你的行事卻很魯莽。早上，老闆想過你沒出現的原因，沒錯，可能是因為最近委託你打理的錢，但是我以人格向老闆擔保這不可能。但是你不可理喻的固執讓我無法再幫你說情。你的工作也岌岌可危，我本來想私底下跟你說，但是你沒來由地浪費我的時間，我實在沒有理由瞞著你父母。你最近的業績很糟，現在是淡季沒錯，但是業績怎麼能夠掛零，薩姆沙先生，我們無法接受。」

「但是，事務長」格雷戈爾情緒激動到忘記自身處境「我很快就會開門，稍等一下。我有點不舒服，感到暈眩，完全無法起床，我現在還躺在床上。但是我現在好多了，我就要起床了。再等一下，給我一點時間！這不如我想像中容易，但是我現在感覺好多了。我突然感到身體不適，昨晚還好好的，我爸媽也知道，可能比我還清楚。雖然昨天深夜就有一點徵兆，他們一定也注意到了。我不知道為什麼我沒先知會公司，可能是因為我覺得沒什麼大不了的。拜託，別為難我爸媽！您剛剛所做的指控根本無憑無據，也從來沒人跟我提過這些事。您可能還沒看到我剛寄回公司的合約。我會搭八點那班車，這幾個小時的休息讓我獲得了充足的體力。不會再耽擱了，我很快就會跟上你的腳步進辦公室，請代為轉達並幫我跟老闆問好。

格雷戈爾完全沒有意識到自己說了什麼，一股腦兒說完後，就移動到矮櫃附近，可能是因為經過床上的鍛鍊，這對他來說很容易，現在他努力讓自己維持直立的姿勢。他真的很想打開房門，讓大家看看自己，也很想跟事務長說話。大家堅持他開門，所以他很好奇大家看到他會說什麼？如果大家都嚇到，那就不是格雷戈爾的責任了，他可以心安理得。如果大家能夠沉靜以對，他也不用再那麼煩躁，而且夠快的話，他可以趕上八點的車。他從光滑的矮櫃上滑落好幾次，最後他終於站直了身體，雖然他的下半身很痛，但是他完全不在意。他現在靠著旁邊一張椅子的椅背，用細腿緊緊攀住椅子邊緣。他冷靜下來，靜靜聽事務長在說什麼。

「你們聽得懂嗎？」事務長詢問眼泛淚光的爸媽「他應該不是在耍我們吧？！」「天啊！」媽媽哭著說「他一定病得很重，我們還這樣為難他。格蕾特！格蕾特！」她大聲呼喚。「媽？」妹妹從另一邊喊。他們隔著格雷戈爾的房間彼此溝通。

「馬上去找醫生。格雷戈爾生病了。快！叫醫生來。你聽到格雷戈爾剛剛怎麼說話的嗎？」「聲音聽起來很像動物」事務長說，和格雷戈爾媽媽的尖叫比起來，相對冷靜。「安娜！安娜！」父親越過前廳朝廚房大喊，邊拍著手說「馬上找鎖匠來！」兩個女孩的裙擺在空中飛舞，飛快跑出前廳，眼疾手快地打開公寓大門，奪門而出。妹妹怎麼這麼快就換好衣服了？沒有聽見門關上的聲音，他們應該就這樣讓大門敞開，有壞事發生時，人常有這樣的舉措。

格雷戈爾相較之下冷靜得多了。雖然他們聽不懂他說的話，但是格雷戈爾卻覺得自己說的話很清楚，甚至比之前更清楚，或許是因為已經聽慣了。他們發現格雷戈爾不對勁，於是馬上採取行動。針對這樣的情況，他們的第一步既有自信又明智，這讓格雷戈爾心情好多了。

他感覺到自己又成為人群的一部分，他很期待醫生跟鎖匠的表現，雖然他分不清誰是誰。等一下要說的話很重要，為了讓自己的聲音夠清楚，他清了清喉嚨，小心翼翼、不發出太大的聲音，因為聲音可能和一般人類的咳嗽聲有所不同，而且他也不確定自己分不分得出這種差異。這時隔壁房間非常安靜。他的父母可能坐在桌前和事務長竊竊私語，或是隔著門附耳傾聽房內的動靜。

格雷戈爾靠著椅子緩慢移動到門邊，一到門邊就推開椅子，讓自己靠在門上，用腿的尖端吸在門板上，直立身子。他靠著休息一會兒，因為光是移動到這裡就已經費盡力氣，接著他開始用嘴巴轉動鑰匙。不過他似乎沒有牙齒，那要怎麼咬住鑰匙呢？雖然沒有牙齒，但是他的下顎非常強壯，因而能夠轉動鑰匙，不過他沒注意到自己因此受傷，褐色的液體從嘴巴湧出，沿著鑰匙滴到地上。「聽！」隔壁房的事務長說「他在轉鑰匙」。格雷戈爾受到鼓舞，每個人包括爸媽都應該鼓勵他，對他喊「做得好！格雷戈爾」「繼續！握好鎖！」靠著幻想眾人的加油，他用盡力氣，死咬著鑰匙，忽視疼痛。轉動鑰匙時，他也隨著鎖一起轉動，單靠嘴巴保持身體直立，他全身吊在鑰匙上，用全身的重量把鑰匙向下轉。鎖彈開的聲音伴隨格雷戈爾的感嘆，緩過氣後對自己說：「我根本不需要什麼鎖匠」。然後把頭放在門把上，把門完全打開。

因為他開門的方式，在大家看到他之前，門已經敞開。他得緩慢繞著其中一扇門轉過身，小心翼翼地移動，不然可能在走進房間前就先摔個四腳朝天。他艱難地移動著，無暇顧及其他，事務長大叫「啊！」的聲音在他聽來就像嘩嘩的風聲。現在事務長看到他了，因為事務長離門最近，他用手摀住張大的嘴，緩慢倒退，好像有一股穩定而無形的力量推著他。儘管事務長在場，格雷戈爾的母親仍頂著剛起床的一頭亂髮，望向格雷戈爾的父親。接著，她鬆開環抱胸前的雙手，朝格雷戈爾走去幾步後跌坐在地，低頭掩面哭泣，穿著的長裙在地上展開。父親看起來很有敵意，緊握雙拳，似乎想將格雷戈爾打回房間，然後又不安地看向客廳，雙手摀著雙眼哭泣，胸口也隨之劇烈起伏。

　　格雷戈爾沒有走回房間，他靠著另一扇拴住的門，躲在門後。他的身體有一半沒有被門擋住，他的頭因為靠著門板往外張望，所以大家也看見了。這時天色漸亮，對街綿延不盡的灰色建築物有一部分是醫院，醫院正面是一排整齊的窗戶。雨還在下，掉落的雨滴變得更大，一滴一滴打在地上。早餐用過的餐具還在桌上，數量驚人，因為對格雷戈爾的父親來說，早餐是一天中最重要的一餐，所以他總是讀著好幾份報紙，吃上好幾個小時的早餐。餐桌對面的牆上掛著格雷戈爾的照片，照片中的他是一名中尉，手裡握著一把劍，臉上掛著無憂無慮的笑容，身穿制服的他氣宇軒昂，讓人肅然起敬。前廳的門敞開著，因為公寓大門也是開的，所以他可以看到樓梯間以及通往樓下的樓梯。

　　「現在」身為現場唯一一位保持冷靜的人，格雷戈爾說道「我會馬上著裝，把樣品打包好後出發。我可以離開了嗎？你們都知道了⋯⋯」他對事務長說「我不是個固執的人，而且我熱愛我的工作。出差雖然累人，但是不出差我就賺不了錢。你要去哪？辦公室？是嗎？你會如實報告嗎？誰都有可能會暫時無法工作，這時就是回想過去貢獻的最佳時刻。克服難關後，我絕對會比以前更勤奮、更努力。您也清楚我欠了老闆很多錢，還要照顧雙親和妹妹，因此儘管我目前處境很艱難，但是我會再次突破難關的。請不要讓我的處境更為難堪，也不要刻意在辦公室針對我。

　　我知道沒人喜歡一天到晚出差的員工。大家以為我們賺得很多，也以為我們的工作很容易。這是種偏見，大家卻不願面對。但是，先生，您比其他員工見多識廣，我敢說您比老闆的眼界還廣，像他這樣的生意人很容易對員工有錯誤的判斷，也會以過於嚴格的標準來評斷員工。您也知道我們業務員一整年幾乎都在外奔波，所以很容易無故遭人非議，而且不太可能反駁，我們根本連遭到議論的內容都不清楚，就算知道，我們也才剛拖著疲憊的身軀回到家，根本不知道這種敵意源自何處。拜託，別走，請說點什麼讓我知道您同意我的部分看法。」

　　格雷戈爾開始說話後，事務長就馬上轉身，所以只能看到他嘴巴微開，越過發抖的肩膀回頭張望。格雷戈爾開始說話，他就開始移動，穩穩往門的方向前進，但是雙眼一邊直盯著格雷戈爾。他移動得很緩慢，好像有什麼不得離開房間的命令。在他抵達前廳時，他倏地把雙腳抽離客廳，驚慌失措地向前狂奔。一到梯廳，便朝樓梯方向伸出右手，好像外面有什麼能夠營救他的超自然力量。

　　格雷戈爾意識到絕對不能讓事務長以這種狀態離開，否則他的工作就岌岌可危了。但他的父母並不明白，過去幾年來讓他們深信格雷戈爾可以做這份工作一輩子。除此之外，現下要擔心的事太多了，他們完全忽略了未來，格雷戈爾卻還在想著以後。

　　一定要穩住事務長，讓他冷靜下來、說服他，格雷戈爾一家的未來就靠他了！要是妹妹在家就好了！她聰穎過人，在格雷戈爾還平靜地躺在床上時就已經哭了。事務長是個花花公子，妹妹一定可以說服他，或許她會關上大門，讓事務長先冷靜下來。但是妹妹不在，格雷戈爾只能靠自己了。他完全不顧自己根本不太確定以目前的狀態要怎麼移動，也不管大家有沒有聽懂他說的話（可能根本就聽不懂），他離開了倚著的門板，往敞開的地方衝刺，想要攔住樓梯間的事務長，而事務長此時正荒謬地雙手緊握樓梯扶手。格雷戈爾馬上就摔倒在地上，想著要抓住什麼時發出了尖叫，接著細腿著地。細腿一落地，他就感受到無與倫比的舒適感。細腿踩在穩固的地面，聽從指示努力往他想要去的方向前進，這讓他雀躍不已，深信自己的不幸就要畫上句點。他努力抑制想移動的衝動，但是趴在地面時仍舊不由自主的左搖右右晃。媽媽離他很近，一開始好像沉浸在自己的世界裡，卻猛然跳了起來，伸長雙臂、十指用力張開，大喊「救命，老天爺啊！救命！」她的姿勢感覺像是想看清楚格雷戈爾，卻下意識快速後退，顯示出完全相反的意願。她完全忘記身後餐桌上的杯盤狼藉，一屁股坐了下去，這時咖啡壺倒了，咖啡滴滴答答流向地毯。

「媽！媽！」格雷戈爾抬頭看著母親輕聲呼喚。當下，他完全忘記事務長，看到咖啡流出，克制不住、不斷移動下顎貪戀地吸著咖啡的氣味。母親見狀再次尖叫，逃離餐桌，奔向同時也往她奔來的父親懷裡。格雷戈爾完全沒空管爸媽，事務長已經走下樓梯，他的下巴抵在扶手上，回頭看最後一眼。格雷戈爾急忙想追上他，事務長肯定預料到了他的舉動，於是一鼓作氣跑下好幾階階梯，消失得無影無蹤，只聽見他的叫聲在樓道裡迴盪。事務長的逃跑讓父親陷入恐慌。在此之前，他還算冷靜，就算沒有攔住事務長，至少不要阻止格雷戈爾去攔，結果他卻用右手拿起事務長帽子、大衣一併放在椅子上的枴杖，左手拿起桌上的報紙，一邊跺腳一邊揮舞雙手想把格雷戈爾趕回房間。格雷戈爾對父親的請求一點用也沒有，因為根本沒人能懂，儘管他已經默默別過頭，父親的踱步卻還更加用力。房間的另一頭，母親不顧寒冷打開了窗，雙手摀著臉，整個人探出窗外。一陣強風從對街往樓梯灌，窗簾飛了起來，桌上的報紙蠢蠢欲動，有些被風吹落地面。沒有什麼阻止得了父親像個野人般一邊發出嘶嘶聲一邊驅趕。格雷戈爾還沒練習過倒退走，所以移動得很緩慢。如果可以轉身的話，早就回到房間了，但是他怕轉身的動作會讓父親失去耐性，而且父親手上握著的柺杖隨時可能會給他的背或頭致命的一擊。格雷戈爾發現根本沒有選擇的餘地，倒退著走根本無法直線前進，於是他只能盡力加速，不時焦急地看父親幾眼伺機轉身。

　　他的動作很緩慢，但是父親大概是發現了他的意圖，所以沒有進行阻擋，反而用手杖的前端維持一定距離，指示格雷戈爾該往哪邊轉。要是他不發出令人不悅的嘶嘶聲就好了！這個聲音讓格雷戈爾感到困惑。在他終於成功轉身後，卻因為嘶嘶聲有點搞不清楚方向，竟然又轉回去一點。在他終於把頭對準房門而開心時，卻發現門太窄、身體太寬，很難順利通過。以目前的情況來說，不太可能要父親把另一扇門也打開，不然通過的空間就充裕多了。父親一心一意只想格雷戈爾盡快回到房間，不可能讓格雷戈爾有時間把身體立起來，通過狹窄的通道。父親完全不顧途中的阻礙，發出更多噪音，聽起來像是不只父親一人，這種感覺讓他非常不舒服，只能不顧後果強行通過。他抬起身體一側，因為角度，側腹被白色的門刮傷，非常疼痛，還在門上留下噁心的褐色斑點，身體一側的細腿懸在空中顫抖個不停，另一側的細腿則是重重壓在地板上疼痛難耐。他因為卡住而懸在半空，父親用力一推是解決了他的窘境沒錯，但是他流了很多血，摔進房間深處。父親用手杖把房門「砰」一聲關上，終於，一切歸於平靜。

- Chapter 2 -

　　直到天色漸暗，格雷戈爾才從幾近昏迷的沉睡中醒來。就算沒人打擾，他還是會醒，因為他睡得夠久，也獲得充分的休息。但是他覺得自己醒來是因為聽見匆忙的腳步聲，還有前廳的房門小心翼翼關上的聲音。昏暗的街燈照在天花板和家具上，但是格雷戈爾蜷縮之處卻是漆黑一片。他推著身體往門邊靠近，靠觸角感覺方向，笨拙地向前，想知道目前的情況，直到現在他才知道觸角的珍貴。身體的左側感覺有一長條傷口，既緊繃又疼痛，他只能靠著細腿跛行。其中一條腳在早上的喧鬧中受了重傷，所以這條腿現在毫無生氣的在地上拖行，不過只傷到一條腿堪稱奇蹟了。

　　直到門邊，他才知道是什麼吸引了自己～是食物的味道。門邊擺放了一盤甜牛奶，裡面還撒了幾片細碎的白麵包。他高興到差點笑了出來，因為現在的他比早上還餓，他馬上把頭埋進牛奶，幾乎連眼睛都泡了進去。但是很快就失望地抬起頭，不僅僅是因為身體左側的疼痛導致進食困難，要氣喘吁吁地全身相互配合才能進食，還因為他已經不喜歡牛奶了。以前這種牛奶是他的最愛，所以妹妹才會特意放在門邊，但是他卻不顧飢餓轉身離開，爬回房間的中央。

　　格雷戈爾從門縫看見客廳的燃氣燈已經點上，平常這時父親會坐著看晚報，大聲讀給母親聽，有時則是讀給妹妹聽，現在卻靜悄悄的。妹妹總在信中告訴他讀報的事，不過這個習慣或許在最近有所改變。雖然公寓裡一定有人在，卻一點聲響也沒有。「這個家的生活多麼寧靜啊」格雷戈爾凝視著黑暗自言自語道，為自己能讓妹妹和雙親在這樣的公寓、過著這樣的生活感到自豪。如果這樣平靜、富裕、舒適的生活戛然而止該怎麼辦？這是格雷戈爾不願多想的，於是他開始四處移動，在房間裡爬來爬去。

漫長的夜裡，房間的一扇門微微打開又迅速關上，過了一陣子，另一扇門也微微打開又迅速關上，感覺像是有人裹足不前。格雷戈爾馬上移向門邊，等待門的開啟，決心要把這位躊躇的訪客請進來，至少想知道那是誰。但是門卻沒再開過，格雷戈爾白等了一場。早上房門鎖著時，每個人都想進來；現在，就算一扇門已經打開，另一扇門也沒有上鎖，卻沒有人要進來，連鑰匙都改從外面插上。

直到深夜客廳的燈才熄，可見父母和妹妹一直沒睡，因為這時他們踮著腳尖離開客廳的聲音格外清晰。至少到清晨前，不會再有人走進格雷戈爾的房間，這讓他有充分的時間不受干擾去思考要怎麼重新安排生活。他躺在地板上，不知道是什麼緣故，儘管他在這個房間住了五年之久，高高的天花板和空曠的房間讓他感到很不自在。羞愧感讓他不自覺地快速鑽進沙發底下。沙發底部輕輕壓著他的背，讓他連頭都抬不起來，但是卻覺得無比安心，唯一可惜的是身體太寬沒辦法全塞進沙發底。

他整晚都待在沙發下，睡睡醒醒，因為飢餓感不時傳來，也因為焦慮、渺茫的希望，不管怎麼想，結論都是～他必須保持冷靜，有耐心、極盡可能體諒家人，畢竟他們被迫接受現在這個不堪入目的自己。

格雷戈爾馬上就有機會測試自己的決心多堅定，因為隔天一大清早，天才矇矇亮，幾乎已經著裝完畢的妹妹打開前廳的門，緊張兮兮地往房裡看。她沒有一眼就瞧見格雷戈爾，但是當她發現沙發底下的格雷戈爾（畢竟他一定就在房間某處，又不可能飛走），卻嚇得有點不知所措，立刻「砰」
的一聲關上門退出房間。但是她似乎有點後悔自己的所作所
為，所以很快又打開了門，躡手躡腳進來，好像房裡有重病
之人，甚至是陌生人。格雷戈爾把頭探到沙發邊觀察。她會
不會發現我沒喝牛奶？會不會注意到他不是因為不餓才不
喝，然後再換更合適的食物來？

　　如果她沒發現，格雷戈爾寧願挨餓也不願提醒，雖然他
真的很想從沙發底下鑽出來，爬到妹妹腳邊，拜託她帶點好
吃的來。妹妹馬上就注意到分毫未動的餐點，也發現了餐盤
周圍的幾滴牛奶。她馬上用抹布，而非赤手拿起餐盤，走出
房間。格雷戈爾很好奇她會帶什麼食物回來，他想著各種可
能，但是完全想不到會是什麼。為了測試他的喜好，她帶了
一堆食物回來，把食物放在舊報紙上面。有放了很久，有點
腐敗的蔬菜；晚餐剩下的骨頭，上面還有白色、發硬的醬料；
一些葡萄乾和杏仁；一些格雷戈爾兩天前就說過無法下嚥的
起司；乾掉的麵包捲、抹上奶油和鹽巴的吐司。她還在一旁
的餐盤裡倒了一些水，這個餐盤大概已經變成格雷戈爾專用
了。

　　然後出自於體貼，她知道格雷戈爾絕對不會在她面前進
食，於是快速走出房間，甚至還鎖上了門，讓格雷戈爾知道
自己可以隨心所欲的用餐。格雷戈爾的腿咻咻咻地快速移
動，終於有東西吃了。他的傷一定也全好了，因為他現在移
動起來很輕鬆。這樣的恢復力讓他感到吃驚，因為一個多月
前他的手被刀子劃傷，但是直到前天，手上的傷口還隱隱作
痛。「是我的感覺鈍化了嗎？」他一邊想，一邊狼吞虎嚥著
起司，起司顯然比其他食物更有吸引力。一口接一口，他喜
極而泣，吃了起司、蔬菜、醬汁，但是新鮮的食物對他來說

一點吸引力也沒有，他甚至把想吃的食物拖離其他食物，因為他無法忍受其他食物的味道。飽餐一頓後，他昏昏欲睡地躺著，妹妹慢慢轉動鑰匙，像是在提醒他躲開一樣。他嚇得清醒過來，倏地躲回沙發底下。儘管妹妹在房裡的時間很短，待在沙發下還是需要很強的自制力，因為吃得太飽，整個身體圓鼓鼓的，沙發下的狹小空間讓他呼吸困難。呼吸不太順暢的他用微微微凸出的眼睛看著妹妹把吃剩的食物掃起，和他沒碰過的食物混在一起，好像全都不能吃了。她飛快地把剩下的食物掃進桶子，蓋上木蓋，提出房間。她一轉身，格雷戈爾就馬上爬出沙發伸展。

　　格雷戈爾每天吃兩餐，一次是早上父母跟女傭還沒起床前，另一次是大家吃完午餐，父母小憩時，這時妹妹會派女傭去跑個腿。

　　母親肯定也不希望他餓肚子，至於吃了什麼聽聽就好；也或許是妹妹希望能替父母分憂解勞，畢竟他們承受的已經夠多。

　　格雷戈爾不知道他們那天用什麼藉口打發醫生和鎖匠。因為沒有人聽得懂他說的話，所以就連妹妹也覺得他聽不懂大家說的話，因此光是聽到妹妹在房間裡嘆氣和祈禱就讓他心滿意足。要完全習慣是不太可能，但是等妹妹稍微習慣一些，格雷戈爾偶爾會獲得友善的評論，或是可以理解為友善的評論，像是在他吃得乾乾淨淨時，妹妹會說「他蠻喜歡今天的晚餐」；剩很多菜時（這種情況越來越常見），她則會難過地說「又剩好多」。

　　雖然格雷戈爾無法直接獲得資訊，但是隔壁房裡的交談他幾乎聽得一清二楚。一有人說話，他就會立刻爬至門邊，趴在門上傾聽。一開始鮮少有人交談，談的內容也不會提到他，就算提到也是低聲交談。整整兩天大家用餐時談的都是現在該怎麼辦，即使是餐前、餐後談的仍是一樣的話題，而且至少會有兩個人同時在家，因為沒人想落單，完全沒人在家更是不妥。在事情發生的第一天，女傭就下跪請求格雷戈爾的母親讓她立刻離開。女傭知道多少就不得而知了，不過在事情發生的十五分鐘內，她就淚潸潸地感謝格雷戈爾的母親讓她離去，好像是什麼天大的恩惠。她還信誓旦旦表示不會對其他人透漏任何一點口風，儘管根本沒有人要她這麼做。

現在妹妹也和媽媽一起煮飯，不過並不費事，畢竟大家吃的不多。格雷戈爾常常聽到家人勸彼此多吃一點，但總是得到「不了，謝謝，我吃飽了」這類回答。家裡也沒什麼人喝酒，儘管妹妹有時會問父親要不要喝啤酒，這樣她就能去跑個腿。如果父親沒有回應，她就會貼心表示可以請門房去買，然後父親會大吼一聲「不」，讓對話結束。

事情發生的第一天，父親就已經向格雷戈爾的母親和妹妹說明家中的財務情況和未來。他不時起身離開桌子，從五年多前公司倒閉時留存下來的保險箱中拿出一些收據或文件。格雷戈爾聽見他怎麼打開複雜的鎖，拿出需要的東西後再鎖上。這是他被關在房裡後聽到的第一個好消息。他本來以為父親公司倒閉後什麼都沒了，至少父親是這麼說的，格雷戈爾也沒多過問。當時父親生意失敗，全家陷入絕望，格雷戈爾一心只想著要怎麼讓生活回歸正軌，讓家人盡快忘掉那些不愉快。於是他心思全放在工作上，對工作的熱情讓他一夜之間就從推銷員變成業務，讓他有機會用不同的方式賺錢。格雷戈爾在工作上的努力轉換成金錢，讓家人又驚又喜。雖然後來帶給家人的驚艷程度不再，格雷戈爾確實承擔起了養家的責任。

　　不論是格雷戈爾或家人都漸漸習慣這樣的生活，家人滿懷感激收下格雷戈爾賺的錢，格雷戈爾也甘之如飴，但是家人對他的付出越來越習以為常。現在格雷戈爾只和妹妹比較親。妹妹和他不一樣，她喜歡音樂，是個有天分的小提琴家。他本來計畫明年要送妹妹去學音樂，雖然所費不貲，但是他會想辦法賺更多的錢。格雷戈爾待在城裡這短短幾天，不時和妹妹聊到音樂學院的事，但是僅止於不切實際的美好想像。父母不喜歡這種不切實際的空談，但是格雷戈爾卻認真的思考，決定要在聖誕節那天宣布他的計畫。

　　他直立著身子靠在門上偷聽，這類毫無意義想法在腦海一閃而過。有時候因為太累無法繼續偷聽，頭不小心撞到門板，就馬上把頭擺正，因為一點小小的聲響都會讓隔壁鴉雀無聲。父親會走到門邊說「他又在幹嘛？」這句話顯然是對門後的他說。之後對話才會再繼續。

　　他的父親喜歡反覆解釋說明，一方面是因為他已經很久不管事，另一方面是因為格雷戈爾的母親很少能一次聽懂。因為反覆說明，格雷戈爾得知父親雖然生意失敗，但是過去的資產還剩下一些，這讓他非常開心。雖然公司剩的錢不多，但是因為一直存著，所以還有點利息的收入。除此之外，家人也沒把格雷戈爾每個月給的家用花完，因為他只放一些錢在身上，所以給家人的錢累積起來不算少。躲在門後偷聽的格雷戈爾，頻頻點頭讚許，對家人的節儉和謹慎感到欣慰。雖然他可以用這些錢來還一部分父親欠老闆的債，這樣自己不受工作制約的日子也可以更快到來，但是現在他覺得父親的選擇更妥當。

　　這些錢的利息絕對無法支撐家裡的支出，而且也只能維持一、兩年的生活。也就是說，這些錢只能應急，生活所需的開銷還是要靠自己賺。他的父親雖然身體健康但年事已高，而且還缺乏自信。過去五年來他都沒有工作，可以算是他庸庸碌碌的一生中唯一好好休息的一段日子，但是同時他也胖了許多，動作變得遲緩、笨拙。格雷戈爾年邁的母親能去賺錢嗎？她一直為氣喘所苦，僅僅是在家中移動就很吃力，不時看到她癱坐在沙發上，敞開窗戶喘著氣。妹妹有辦法出去賺錢嗎？

她不過才十七歲，根本還是個孩子，到目前為止她的生活還是蠻令人羨慕的，只要穿得漂漂亮亮，睡到自然醒，幫家裡做點事。她的興趣也很一般，大部分的時間都在拉小提琴。每當家人談到要去賺錢的事，格雷戈爾就會離開門邊，躺進旁邊冰冷的皮沙發，因為他總是因為羞愧、後悔而全身發熱。

他常常一躺就一整夜，徹夜未眠，蹭著沙發皮。或是大費周章把椅子推到窗邊，爬上窗台，靠著椅子倚著窗，望向窗外。以前這讓他感到無拘無束，但是現在這只是一種回味過去的舉措，因為他的視力每況愈下，連近在眼前的東西都看不清楚。以前他很討厭對街的醫院，現在他看不清楚全貌了，要是他不知道自己住在市中心的夏洛滕街，這種寧靜可能會讓他誤以為自己住在荒蕪之地，因為灰色的天空和灰色的地面幾乎融為一體。細心的妹妹在看到椅子被推到窗邊兩次後，每次都會整理完房間就把椅子推到窗邊，讓內窗維持敞開。

如果格雷戈爾能和妹妹說話就好了，這樣就能表達他的感謝，讓自己好過一點，正因為不能，才讓他痛苦不堪。雖然妹妹盡可能表現出一點都不麻煩的樣子，時間一長就能習慣成自然，但是隨著時間的流逝，格雷戈爾就看得越透澈。現在只要妹妹一進房間，他就覺得心情不悅。像是深怕有人看到格雷戈爾的房間一樣，妹妹一進房間就飛快關上房門，然後像是無法呼吸般，逕直衝到窗邊打開窗戶。不管天氣多冷，她都會在窗邊停留片刻。她一天會用這種奔跑、發出噪音的方式打擾格雷戈爾兩次，格雷戈爾則是躲在沙發下瑟瑟發抖。他知道妹妹雖然不想讓他承受這樣的驚擾，卻還是無法忍受在門窗緊閉的狀況下和他共處一室。

　　格雷戈爾變形約一個月後，這時妹妹已經不太會因為他的外觀受到驚嚇，某天她比平常提早一點進房間，結果看見格雷戈爾嚇人地佇立在窗邊望著窗外。如果妹妹不進房間，待在這個位置也沒什麼，但是他站在這個位置，妹妹就很難打開窗戶。結果妹妹不僅沒進房間，還立刻退出房間關上房門，讓人覺得格雷戈爾可能有咬她的風險。格雷戈爾急忙躲進沙發底下，直到中午妹妹才進來，而且她看起來比平常還不自在。這讓格雷戈爾意識到她還是無法接受自己的外觀，而且她的態度不會有所改變，她可能還得克制奪門而出的衝動，才不會被露出沙發一小部分的格雷戈爾嚇跑。有一天為了讓她不必忍受這種不適，格雷戈爾花了整整四小時把床單移到沙發底下完全蓋住自己的身體，這樣妹妹即使彎下身也不會看見他。如果她覺得床單是多餘的，只要拿下床單即可，畢竟對格雷戈爾來說，做到這個地步不是什麼開心的事，但是她卻對床單視而不見。有次格雷戈爾小心翼翼地從床單下偷看妹妹的反應，甚至瞥到一絲感激的神情。

　　變形後的十四天，爸媽根本無法踏進房門一步。他還聽見爸媽表達對妹妹的感激，以前他們覺得妹妹沒什麼用，常對妹妹不耐煩。但是現在爸媽卻只敢在房門外等妹妹打掃完，妹妹一踏出房門就馬上告訴爸媽房間內的一切。格雷戈爾吃了什麼？這次他的情況如何？有沒有好轉的跡象？母親很早就想進房間看看格雷戈爾，但是父親和妹妹急忙勸阻。格雷戈爾仔細聽著這一切，深表贊同。後來，要用強迫的方式才能阻止母親進入，母親甚至大吼著「放開我，我要看格雷戈爾，我可憐的兒子。我一定要看看他！」格雷戈爾心想讓媽媽進來可能比較好吧！雖然不是每天，但是或許可以一週一天。媽媽比妹妹更能理解這一切，畢竟妹妹再勇敢也只是個孩子，她只是憑著一股傻勁才接下如此艱難的任務。

格雷戈爾想見到母親的願望很快就實現了。出自對父母的貼心，格雷戈爾不想在窗邊時被看到，但是地面能爬行的空間有限，一整晚安安靜靜躺著對他來說有點困難，食物也無法帶給他快樂，於是他養成了爬牆壁和天花板的習慣。他特別喜歡掛在天花板上，這跟躺在地上的感覺很不同，可以自在呼吸、身體可以輕輕晃動，掛在空中很放鬆也很開心，從空中墜落到地面上的感覺也讓他感到驚奇。現在他對身體的掌控比之前好多了，就算墜落也不會受傷。妹妹很快就注意到格雷戈爾新的消遣，因為他在爬行時留下了黏液，所以妹妹覺得把家具移開，不要阻擋格雷戈爾行進比較好，尤其是抽屜櫃和書桌。她一個人做不來，又不敢尋求父親的協助。廚娘辭職時，年僅十六歲的女傭雖然勇敢留了下來，但是她一定不會幫忙，畢竟她要求廚房的門上鎖，除非很重要，不然絕不開門。如此一來，就只能趁格雷戈爾父親出門時，找母親幫忙了。母親走近房間時，格雷戈爾聽到了母親聲音裡的雀躍，但是一到房門前就鴉雀無聲。無庸置疑，第一個走進房間張望、確認的人是妹妹，之後才是母親。格雷戈爾迅速把床單拉低，刻意弄得皺巴巴，讓人覺得床單是不經意丟在這裡。這次格雷戈爾努力抑制想從床單下偷看的慾望，他放棄看見母親的機會，只要母親進來他就已經很開心。「可以進來了，看不到他的」妹妹說道，牽著母親踏進房裡。老舊的抽屜櫃很沉，但是格雷戈爾聽見這對瘦弱的母女拖著抽屜櫃離開原位，妹妹總是擔負著最沉重的工作，對母親警告她可能會受傷充耳不聞。他們忙了好一會兒，約莫過了十五分鐘，母親說把抽屜櫃留在原處比較好，一來，抽屜櫃太重，在格雷戈爾父親回到家前根本搬不走；二來，抽屜櫃放在房間中央有礙艾格雷戈爾的爬行，更何況沒有人能確定搬走家具對格雷戈爾真的有所助益。她就覺得空蕩蕩的牆面讓心情更加沉重，難道格雷戈爾不會有一樣的感受？畢竟這些家具擺放在房裡多年，空蕩蕩的房間會不會讓他覺得自己被拋棄？

在寂靜的房間裡，母親用氣音對著妹妹說話，想讓不知身在房間何處、也聽不懂的格雷戈爾聽不見對話內容，她說：「把家具搬走會不會像是我們已經放棄他，要讓他自生自滅？我覺得房間保持原樣，等格雷戈爾回來就會發現一切都沒變，也比較容易忘記這段時間的不愉快。」

母親說的話讓格雷戈爾意識到因為自己無法與人類互動，加上這兩個月來的單調生活，讓他開始感到疑惑，因為他無法解釋為什麼自己希望房間空曠一點。他真的想把擺滿祖傳家具的溫馨房間變成洞穴嗎？這樣不管往哪個方向爬都不會受到阻礙，但是這也會讓他更快忘記過去還是人類的時候。在他快要忘記一切時，母親久違的說話聲讓他清醒過來，打消了這種念頭。不應該搬走任何東西，應該要全留在原地，沒有家具他就沒辦法振作起來，就算家具讓爬行沒那麼隨心所欲，也沒什麼損失，因為家具對他反而有益。

　　不過妹妹卻不這麼認為。出於某些原因，只要是和格雷戈爾有關的事，妹妹就是他的代言人。因此母親的建議讓妹妹更堅持己見，不僅要把抽屜櫃、書桌搬走，現在除了那張重要的沙發之外，家具全都要搬走。除了孩子氣的意氣用事，最近她所獲得的自信也讓她堅持己見，更何況她的確注意到格雷戈爾需要爬行的空間，家具顯然對格雷戈爾一點用處也沒有。這個年紀的女孩對某些事很執著，而且還為所欲為。或許格蕾特想讓格雷戈爾的情況更駭人，這樣她就能為格雷戈爾做更多。格蕾特或許會成為唯一一個敢進格雷戈爾房間的人，因為他會在空蕩蕩的房裡四處爬行。

　　所以她不願意接受母親的建議。格雷戈爾的母親在房裡很不自在，很快就不再出聲說話，只盡力協助妹妹把抽屜櫃搬出房間。抽屜櫃對格雷戈爾來說可有可無，但是書桌就不是如此了。母親和妹妹剛氣喘吁吁地把抽屜櫃推出房間，格雷戈爾就衝出沙發想著能做什麼阻止一切。他盡可能謹慎又小心，但母親偏偏在格蕾特還在隔壁房間處理抽屜櫃時回來。儘管格蕾特又推又拉，抽屜櫃還是文風不動。

　　母親並不習慣看見格雷戈爾，還可能會嚇出病來，於是格雷戈爾快速退回沙發下，但是卻無法止住床單的晃動，他簡直嚇壞了，因為光是這樣就能引起母親的注意了。她呆呆地站著好一會兒，然後走回隔壁房找格蕾特。

　　格雷戈爾不斷說服自己沒什麼事，只是幾件家具被搬走而已，但是媽媽和妹妹進進出出、不時低語，還有搬動家具時摩擦地面的聲音讓他覺得自己好像受到了來自四面八方的攻擊。他緊緊縮著頭和腳，身體緊貼著地面，種種一切讓他覺得無法再繼續忍耐。他們正在清空自己的房間，搬走自己心愛的東西，他們已經把裝著鋼絲鋸和工具的抽櫃搬走，現在他們還要搬走那張牢牢刻進地板的書桌,他總是在這張桌子上寫實習時的作業,高中、甚至是幼稚園時,用的也是這張書桌。他沒辦法再繼續觀察媽媽跟妹妹這麼做到底是不是出於善意,他幾乎忘記他們還在房裡,因為搬家具太過勞累,他們一言不發,只剩下沉重的腳步聲。

在他們靠在另一間房裡的桌子上氣不接下氣時,他爬出沙發,因為不知道該先救哪件家具而四處亂竄,直到他發現空無一物的牆上掛著的那幅圖—身穿皮毛的女人。他迅速奔赴,整個身體貼在裱框玻璃上,死死黏著,肚子卻感到異常舒服。這張圖完全被格雷戈爾蓋住,誰都搶不走。他把頭轉向客廳,這樣她們一踏進房間就會被格雷戈爾看到。

她們稍稍喘口氣就回到格雷戈爾房裡。格蕾特雙手環抱母親,四處張望著說「接下來要搬什麼呢?」頓時與牆上的格雷戈爾眼神交會,大概是因為母親也在的緣故,她異常冷靜,別過臉遮住母親的視線,急促的語氣中帶著顫抖說「走,我們去客廳坐一下」。格雷戈爾知道格蕾特在想什麼,她想把母親帶到安全的地方,再把他從牆上拽下來。她大可試試看!他死死黏在圖上,還想跳到格蕾特的臉上。

但是格蕾特的話反而引起媽媽的不安,她走向一側,瞥見壁紙的花紋旁一個巨大的褐色斑點,在意識到這正是格雷戈爾之前,她已經放聲尖叫「老天爺啊!」她張開雙臂,跌坐在沙發上,好似放棄做任何的抵抗,只是一動不動的坐著。「格雷戈爾!」妹妹大喊,雙目怒視著他,揮舞著拳頭。

這是自他變形以來,妹妹第一次直接對他說話。她衝進隔壁房,拿了點嗅鹽想要喚醒昏過去的母親;格雷戈爾也想幫忙,那幅圖可以等一下再救,但是他黏上玻璃時速度太快,現在要費盡力氣才能掙脫。他衝進隔壁房,以為能像從前一樣給妹妹建議，結果卻只能站在一旁看，什麼忙也幫不上。妹妹在一堆瓶瓶罐罐中尋找，一轉身被格雷戈爾嚇一大跳，手中一個罐子摔落地面，碎片劃傷了格雷戈爾的臉，腐蝕性的藥飛濺在他身上。格蕾特一刻也不敢耽擱，拿起所有罐子衝回媽媽在的房間，「砰」的一聲用腳關上房門。格雷戈爾和媽媽被隔了開來，但是媽媽因為他處於瀕死邊緣，如果不想再嚇跑妹妹，就不能打開房門，而且媽媽現在也需要妹妹。自責、焦慮不已的格雷戈爾只能靜靜等待，他開始四處爬行，爬上牆壁、家具、天花板，最後他暈頭轉向，摔在餐桌中央。

　　他就這樣躺著，嚇壞了的他失去知覺、一動不動，四周一片寂靜，或許這是個好兆頭。接著，有人走到大門邊。但是女傭把自己鎖在廚房，所以格蕾特得走過去應門。父親一走進家門，劈頭就問「怎麼了？」格蕾特的表情說明了一切，她懦懦地回話，把臉埋進父親的胸膛說「媽媽昏倒了，但是她現在好多了。格雷戈爾跑出來了。」爸爸說「我就說吧！我不是說過了，你們就是不聽，是不是？！」格蕾特根本還沒說清楚，爸爸就往壞處想，認定格雷戈爾做了不該做的事。格雷戈爾現在得平息爸爸的怒氣，因為就算有一絲機會，他也沒有時間多做解釋。於是他逃到自己房間的門邊，緊貼著門板，這樣父親一走進前廳就能發現格雷戈爾願意馬上回自己的房間，不勞父親驅趕，只要打開房門他就會自己滾蛋。

　　但是爸爸無暇顧及這些暗示，一走過來就大喊一聲「喂！」聽起來既憤怒又興奮。格雷戈爾把頭從門板上抬起，望向父親。他從來沒想過父親會是這樣的站姿，因為他最近都是爬行，沒有像以前那樣關心家裡的狀況。他應該要預期家裡有所改變才對，但，這真的……是爸爸嗎？他是那個疲憊不堪，紮根在床上的父親嗎？格雷戈爾每次出差晚上回到家，爸爸總是穿著睡袍癱坐在扶手椅歡迎他回家。他很少站起來，就只是舉起雙臂以示歡迎而已。一年當中，他們只在週日或是國定假日偶爾一起散步，爸爸總是穿著大衣全身裹得緊緊，格雷戈爾和母親一左一右，而父親則是費力地蹣跚前進，雖然他和母親為了配合已經走得很慢，但是父親還是完全跟不上。父親拄著拐杖，小心翼翼地緩步前行，有話要說時，就必須要停下腳步傾聽。現在父親站得直挺挺，穿著幹練的藍色制服，上面縫著金扣，就像是銀行員工穿的制服那樣，硬挺的領子也遮掩不住他的雙下巴。濃密的眉毛下，深邃的雙眸警戒地掃視四周，他從不費心打理的白髮現在整整齊齊貼在頭皮上。他拿下繡有金色字母的帽子，看似是某間銀行的縮寫，用完美的弧線丟向房裡的沙發，雙手撩開大衣下襬，插進褲子的口袋，一臉堅定地走向格雷戈爾。他可能沒有意識到自己的想法，但是卻把腳抬得異常地高。格雷戈爾對爸爸鞋底之大感到驚訝，但是沒時間再繼續感嘆，變形第一天他就清楚知道父親覺得必須要對他格外嚴厲。於是他向前逃跑，父親停下動作，他就停下動作，父親一動，他就加快速向前疾走。就這樣，他們在房間裡走走停停好幾回，沒有任何結果，而且因為動作緩慢，看起來也不像追逐。格雷戈爾完全待在地面上，主要是因為他擔心父親看到他爬上牆或天花板會覺得是種挑釁。不管做什麼，格雷戈爾都清楚自己沒辦法持續這樣的行動太久，因為父親每走一步，他都要移動無數步。他的呼吸變得急促，況且還沒變形前他的肺就已經不是很健壯了。現在的他跟跟蹌蹌，盡其所能的奮力前進，連眼睛都沒顧得上睜開。

　　他的腦袋幾乎僵住，除了逃跑，想不出其他的辦法。他

甚至忘了自己可以爬上牆，不過牆的前面擺放著雕刻精美的
家具，阻礙了爬上牆的行動。接著，有東西輕輕往他投擲過
來，滾到他的面前……是蘋果。接著，另一顆蘋果飛快砸
向他，格雷戈爾嚇得動彈不得，現在逃跑已經沒有意義了，
因為父親決定用轟炸的方式進行攻擊。他把櫥櫃上籃子裡的
水果當作彈藥，塞滿口袋，完全不瞄準，一顆接著一顆砸。
紅色的蘋果在地上滾動，彼此碰撞，好像受到磁力吸引。一
顆輕輕投擲的蘋果擊中格雷戈爾的背，然後滾落，沒有造成
任何傷害。但另一顆蘋果緊隨其後，逕直擊中他的背，緊緊
卡在背上。格雷戈爾掙扎向前，以為換個姿勢就能讓劇痛消
失，但是痛卻緊緊箍住他，擴散到全身，他的感覺變得混亂
不已。

　　失去意識前他看到房門打開，只穿著襯衫的媽媽狂奔而
來，越過尖叫的妹妹跑向父親。妹妹為了讓母親呼吸順暢在
她暈倒時移除了其他衣物，裙子也因為沒有綁緊，一件一件
滑落，阻礙了她的行進，但她仍奮力奔向前擋住父親，雙手
環抱住父親，看起來就像跟父親合為一體，祈求父親饒他一
命，而這時的格雷戈爾已經失去意識了。

　　沒人敢拔掉卡在格雷戈爾背上的蘋果，這顆蘋果標示了他所受的傷。格雷戈爾忍受疼痛超過一個月，狀況嚴重到連父親都無法把他當敵人對待，不管他看起來多噁心，仍是自己的家人。正因為是家人，不管有多噁心，還是要包容，要忍耐，也只能忍耐了。

　　因為受傷，格雷戈爾失去了大部分的行動力，而且可能不會再恢復。他現在就像古老又無用的生物，就算在房間爬行也要花很長的時間，爬上天花板根本不可能，但也因為狀況大不如前，家人才會讓通往客廳的房門每晚敞開。在門打開前一、兩個小時他就會密切關注，打開後他就隱身在漆黑的房間觀看坐在餐桌的家人聊天，不過家人卻看不見他。這樣的行為是所有人的默許，所以他不用再偷聽了。

　　過去的歡聲笑語已消失殆盡。格雷戈爾出差，拖著疲憊的身軀待在狹小的旅館房間、潮濕的床鋪上時，總是渴望著家人的聊天聲。現在，他們大多沉默以對。晚餐後沒多久，父親就坐在椅子上沉沉睡去，母親和妹妹則提醒彼此保持安靜。母親彎著身體在檯燈下幫時裝店縫製時髦的內衣；妹妹現在是銷售員，趁晚上學速記和法文，為了更好的工作預作準備。有時候父親會醒來對格雷戈爾的母親說：「你今天又縫了好多！」似乎對自己打盹一無所知，然後再次沉沉睡去，母親和妹妹則略帶疲倦地相視一笑。

　　因為生性頑固，父親即使晚上在家也不願脫下工作時穿的制服，睡衣則毫無用處的掛在掛鉤上。格雷戈爾的父親即使睡著也穿著制服，好像隨時準備好上班、隨時準備好聽候差遣。制服本來就不是新的，又因為父親一直穿著，即使母親和妹妹再怎麼努力維持，制服還是越來越破舊。格雷戈爾整個晚上都望著外套上的髒污，不過外套上的金扣卻總是閃亮亮的，而身穿制服的老人卻以這身極不舒適的裝束安詳地睡著。

一到十點，格雷戈爾的母親就會輕聲喚醒父親，勸他到床上睡，因為在椅子上並不好睡，如果早上六點要起床上班的話，就要好好睡個覺。開始工作後，父親變得更固執，堅持在客廳待到很晚，儘管他總是會睡著，而且睡著後更難讓他移動到床上。就算母親和妹妹不屈不撓地勸說，他還是會閉著眼睛打盹、搖頭晃腦個十五分鐘，不願起身。母親扯他袖子，在他耳邊好言相勸，妹妹也放下手邊的課業一起幫著母親，但是一點用也沒有，他整個人陷進椅子沉睡。直到母親和妹妹架著他的腋下，他才猛然睜開雙眼，看著他們說「這就是人生！這就是晚年該有的平靜！」之後在母女二人的協助下，小心翼翼地起身，彷彿是自己出力似的，任人攙扶到門邊才示意他們離開，自己繼續往前走，但是母親和妹妹仍放下手邊的事，緊隨父親，隨伺在旁。

這個家的人既疲憊又忙碌，誰還會把注意力放在格雷戈爾身上？家用變得更為拮据，所以女傭也已經辭退，現在改請一個高瘦、滿頭白髮的打掃阿姨，每天早晚會在母親的監督下做些粗重的差事，其他雜事則由母親在針線活之餘負責。格雷戈爾還從晚上家人的對話中得知母親和妹妹在節慶、活動中喜歡穿戴的珠寶多已出售，他還從談話中得知出售的價格。但是家人最常抱怨的還是儘管現在住的地方過大卻不能搬，因為他們不知道怎麼把格雷戈爾帶到新家去。

　　他深知除了這層擔憂之外，還有別的原因讓他們裹足不前。畢竟用大小合適的箱子，在箱子上戳幾個透氣孔，就能帶著他一起搬家。讓大家裹足不前的原因不外乎為絕望～家人認為自己的遭遇極為不幸，身邊沒有任何人的遭遇比他們悲慘。他們做了所有窮人家能做的事～父親幫銀行的員工買早餐；母親幫陌生人洗衣服；妹妹按顧客的吩咐在櫃檯後忙得不可開交。他們已經沒有多餘的心力做別的事。在把父親攙扶到床上後，格雷戈爾的母親和妹妹放下手邊的工作，臉貼著臉坐在一起。母親會指著格雷戈爾的房間說「格蕾特，把門關上」。然後當他再次陷入一片漆黑，母親和妹妹會坐在隔壁房間啜泣，或是就只是坐著直愣愣地望著桌子，這讓格雷戈爾背部的傷再度痛了起來。

　　不論黑夜或白天，格雷戈爾幾乎都沒什麼睡。有時候他會想下次門打開，要像以前那樣接手家裡的雜事。有時候老闆和事務長、銷售員、傻裡傻氣的學徒、其他公司的幾個朋友、鄉下旅館的客房清潔女傭（一段消逝的甜蜜回憶）、帽子店的店員（他曾認真追求卻錯失先機），這些人和一些陌生人或早已遺忘的人在腦海中浮現，但是沒有一個人對他的家人伸出援手，所以忘了也沒什麼不好。有時候他完全無暇顧及家人，只是因為家人對他的忽視充滿憤恨。雖然沒有想要的東西，他還是暗暗計畫潛入放食物的地方，拿走有權拿走的東西，儘管他一點也不餓。格雷戈爾的妹妹已經不在乎怎樣才能讓他高興，只是固定在早上或中午迅速用腳把食物塞進房間，再急忙上班，晚上用掃帚掃掉食物，完全不管格雷戈爾有沒有吃，當然大部分的食物他一口也沒動。妹妹還是在晚上打掃房間，但是她花的時間越來越少。牆上有一抹抹的髒污，到處都是灰塵和汙垢。一開始格雷戈爾會刻意在妹妹進來時，跑去最髒的地方，作為一種抗議，但是經過幾個禮拜，妹妹卻一點行動也沒有。她也看得到格雷戈爾看見的髒污，但是選擇視而不見。同時她在某方面變得很敏感，不過家人都能理解，因為打掃格雷戈爾的房間是她一個人的工作。母親曾經好好打掃過他的房間一次，用了好幾桶的水，但是潮濕讓格雷戈爾不舒服到躺在沙發上動彈不得。母親面對的責難在妹妹晚上到家後才開始，妹妹注意到格雷戈爾房間的不同，氣沖沖跑進客廳，無視母親高舉求饒的雙手，一抽一噎地哭著。父親嚇得從椅子上站起身，兩人對妹妹的反應既驚恐又手足無措，然後他們也發起脾氣。格雷戈爾的父親站在母親的右邊，指責她不該搶走打掃格雷戈爾房間的工作，母親的左手邊站著妹妹，尖聲喊著以後不要再打掃格雷戈爾的房間了。母親想把怒氣沖沖的父親帶進臥室，哭到全身發抖的妹妹，用她的拳頭捶著餐桌，格雷戈爾則發出憤怒的嘶嘶聲，沒有人想到要關上房門，這樣他就不用面對這場鬧劇了。

　　格雷戈爾的妹妹因為工作疲憊不堪，還要照料格雷戈爾的生活，承擔了超過負荷的工作量，儘管如此，母親也不用接下這份工作，格雷戈爾更是不應被忽視，因為現在請了打掃阿姨。打掃阿姨是一位有點年紀的寡婦，身形魁梧，能越過生活帶來的所有磨難，而且也不覺得格雷戈爾噁心。有一天她意外打開格雷戈爾的房門，和他四目相對。格雷戈爾嚇壞了，儘管沒人追趕，他還是四處亂竄，打掃阿姨就只是站著雙手環抱胸前，一臉驚訝。從那天起，她每天早晚都會打開一點格雷戈爾的房門看看他。一開始她用自以為和善的話語呼喊格雷戈爾，像是「過來，老糞金龜！」或是「看看這隻老糞金龜！」格雷戈爾從不對她做出任何回應，就只是待在原處一動不動，好像門根本沒有打開。與其這樣時不時開門驚擾，不如要打掃阿姨每天打掃他的房間。某天早上大雨敲擊著窗戶，像是在宣告春天即將到來，她又用一樣的語氣對格雷戈爾說話。格雷戈爾感到惱怒，於是朝她移動，動作緩慢卻堅定，看起來像是一種攻擊。但是打掃阿姨不但不害怕，還舉起門邊的一張椅子，張著嘴站得直挺挺，刻意顯現出除非椅子砸到他的背，她才會閉上嘴的氣勢。「再過來啊！」她在格雷戈爾轉身後說道，一邊把椅子放在角落。

　　格雷戈爾幾乎什麼也不吃。除非他剛好在食物的旁邊，才會咬幾口玩一下，含在嘴裡幾個小時後再吐掉。一開始他以為自己是對房間的狀態感到厭惡，所以才沒有食慾，但是他很快就習慣的房間的變化。因為公寓的其中一間房租給三位男性，家人開始把無處安放的東西搬進格雷戈爾的房間，現在房間裡堆滿了雜物。這三名男性態度誠懇，極度要求環境整齊，某天格雷戈爾還從門縫隙看到三個人都留著大鬍子。不只是他們租的那個房間，整層公寓尤其是廚房都得保持整齊。他們無法忍受雜亂，更無法忍受髒污。他們還搬來了自己的家具和用品，所以很多東西就顯得多餘。雖然這些東西不能變賣，但是家人也捨不得丟，所以就全堆進格雷戈爾的房間。

　　廚房裡的垃圾桶也被搬到這裡。打掃阿姨總是急急忙忙，用不到的東西就往格雷戈爾的房裡堆。幸運的是格雷戈爾通常只看得見搬進來的東西和搬東西的雙手。本來應該是想有需要再進來拿，或是乾脆一次丟了，但是最後東西一放就生了根，除非格雷戈爾爬行才會移動這些東西的位置。一開始他不得不移動東西的位置，因為沒有空間爬行，後來他漸漸習慣在雜物中穿梭，雖然這樣爬行讓他又氣又累，讓他好幾個小時都動彈不得。

　　房客有時候會在客廳吃晚餐，因為客廳是公共空間，所以晚上格雷戈爾的房門總是緊閉。格雷戈爾很快就不再執著於打開房門，畢竟打開時他也沒什麼可以做的，他不過是趴在家人不會注意到的陰暗角落罷了。有次打掃阿姨把通往客廳的門打開了一點點，格雷戈爾因而看到房客晚上回家打開燈。他們坐在以前格雷戈爾和父母用餐的桌前，打開餐巾拿起刀叉。格雷戈爾的母親馬上端著一碗肉出現在門口，妹妹也端著一盤堆得跟山一樣高的馬鈴薯緊跟其後。熱氣騰騰的食物味充滿了整個房間。三位房客俯身彎向餐盤，像是在檢查。三位房客以坐在中間的男房客為首，切了碗裡的一小塊肉，檢視肉是否煮得夠爛或是要再放回爐子煮。站在一旁的母親和妹妹本來看起來很焦慮，在這名房客露出滿意的神情後，他們鬆了一口氣、露出笑容。

家人則是在廚房用餐。進廚房前，格雷戈爾的父親會先到客廳，脫下帽子鞠躬行禮，再繞桌子走一圈。租客一齊站了起來，隔著大鬍子含糊地說了幾句話。等到客廳只剩他們三人，就只是一言不發吃著晚餐。除了吃飯發出的各種聲音，格雷戈爾清楚聽到咀嚼聲，好像在對格雷戈爾說要有牙齒才能吃飯，不管下顎多厲害都沒辦法像牙齒一樣咀嚼。「我想吃東西」格雷戈爾焦慮地說「但不是他們吃的那些。他們在大快朵頤，我卻餓到不行。」

變形後，格雷戈爾沒再聽過小提琴的樂聲，但是今晚卻從廚房傳來小提琴聲。房客已經用完晚餐，中間那位拿出報紙，遞給身旁的兩人各一張，現在他們背靠著椅子邊看報紙邊抽菸。小提琴的聲音讓他們豎起耳朵，躡手躡腳走到門邊，擠成一團。廚房裡的人一定聽見了外面的動靜，因為格雷戈爾的父親出聲道「小提琴是不是吵到你們了？我們馬上就停止。」中間那名男房客說「完全不會。令嬡願不願意到客廳拉奏？畢竟這裡舒適多了。」「好的，我們很樂意。」格雷戈爾的父親回道，好像拉小提琴的是他。房客走回客廳等待，格雷戈爾的父親拿著譜架，母親拿著樂譜，妹妹拿著小提琴走進客廳。妹妹冷靜地為演奏做準備，父母因為從沒出租過房間而對房客過分客氣，坐都不敢坐。父親靠著門站，右手插在制服的兩顆金扣中間；母親則是坐在房客隨手擺放在客廳角落的椅子上，也就不敢再移動。

妹妹開始了演奏，爸媽全神貫注，兩人各自從客廳的兩側看著妹妹拉奏的動作。格雷戈爾受到琴聲的吸引往前移動了一些，他的頭已經探進客廳。變形後他一直為自己的體貼感到自豪，但是現在的他已經不太在乎。他渾身都是灰塵，稍微動一下就灰塵滿天飛，更應該有理由把自己藏起來。背上和身側有線頭、頭髮、食物殘渣，但是他已經不在乎了。以前他一天會在地毯上滾好幾次把身體弄乾淨，現在髒兮兮地爬在乾淨的客廳地板上也不會不好意思。

但是根本沒有人注意到他，大家的注意力都放在小提琴的演奏上。一開始，三名房客雙手插在口袋，貼著譜架站，想看演奏的是什麼，他們的舉動肯定干擾了妹妹，但是很快地他們就低著頭退到窗邊，竊竊私語，父親則是焦急地觀察。他們本來很期待能聽到動聽的演奏，但只覺得失望，出於禮貌，他們沒有馬上打斷演奏。把煙圈從口鼻吐出的三人讓人感到格外不安，但是妹妹還是繼續演奏著優美的樂音。她的臉側向一邊，專注又惆悵的隨著一行行的樂譜往下看。格雷戈爾又往前爬了一點，頭貼著地板，希望能和妹妹對到眼。如果他是動物，音樂怎麼會讓他如此著迷？就好像有一條路出現在眼前，引領他前往渴望已久的某物。

他決定往妹妹的方向前進，扯扯裙角告訴她可以到他的房間演奏，因為在場沒有人像他一樣懂得欣賞。只要他還有一口氣，他就不會讓妹妹離開他的房間一步，自己驚人的外貌終於派上用場，他會死死守衛每扇門，發出聲響驅趕攻擊者。妹妹不應該被迫和自己待在一起，而是應該自行決定，她會和自己坐在沙發上，聽他說本來要送她去念音樂學院的計畫，去年聖誕節他本來要告訴家人這個計畫，而且不顧任何反對，但是，聖誕節……是不是已經過了？！如果沒有變形就好了。聽完他的計畫，妹妹一定會熱淚盈眶，格雷戈爾會立起身體，靠近她的肩膀，親吻她的脖子。自從妹妹因為工作規定，不可以戴項鍊或穿有領子的衣服，所以一直沒有項鍊或項圈。

「薩姆沙先生」中間那名房客出聲喊道，一邊用手指著向前移動的格雷戈爾，好像連說話都不願意。小提琴聲停了下來，這名房客對另兩名房客笑了笑，搖搖頭後又看向格雷戈爾。父親似乎覺得安撫房客比驅趕格雷戈爾重要，雖然房客沒有不高興，反而覺得格雷戈爾的出現比小提琴演奏有趣多了。父親伸出雙手想把房客帶回房間，同時用身體阻擋他們注視格雷戈爾的視線。現在他們反而有點生氣，不知道是父親的舉動，還是他們現在才發現隔壁住著格雷戈爾而生氣。他們要求格雷戈爾的父親做出解釋，同時不耐煩地捻著鬍子，慢慢走回自己的房間。與此同時，妹妹已經從演奏被打斷的失望走出。她拿著小提琴和琴弓的雙手垂在身側，望著琴譜，好像還在演奏一樣。突然間，她從情緒中抽離，把樂器放在呼吸急促的母親腿上，然後跑進隔壁房。房客在父親的強迫下快速走回房間，還沒進到房間，妹妹就已經俐落地把房客的床鋪好。格雷戈爾的父親因為太過專注於眼前，把畢恭畢敬的態度拋諸腦後。他不斷催促房客直到房門口，中間那位房客跺腳怒吼，這才讓格雷戈爾的父親停下動作。

「我正式宣布」他舉起手望向格雷戈爾的母親和妹妹以獲得關注「有鑑於這個公寓和你們家離譜的情況」，望向地板堅定地說「我要退租，也不會支付這幾天的費用，相反地，我還考慮要不要索賠，而且我保證我所做的完全合乎常理」。他沉默了一會兒，望向前方似乎在等著回覆。其他兩人也附和道「我們也要退租」。說完他轉動門把，「砰」一聲關上門。

　　格雷戈爾的父親跟跟蹌蹌，用手摸索著路回到椅子旁，然後跌坐進去。看起來跟平常伸展四肢準備打盹很像，但是頭卻點個不停，看起來不像是睡覺。吵吵鬧鬧後，格雷戈爾還待在被房客看到的地方。計畫失敗讓他感到絕望，加上飢餓帶來的無力，格雷戈爾一動也不動。他知道大家隨時都會把不滿發洩在他身上，所以默不作聲。母親顫抖著手，拿不住放在腿上的小提琴，掉在地上的巨大聲響也沒有驚擾嚇到他。

　　「爸、媽」妹妹　邊用手拍打桌面一邊說「不能再這樣下去了。你們可能沒有發現，但是我有。我不想叫這個怪物哥哥，我只能說我們要擺脫牠。我們已經盡力照顧，也忍耐夠久了，誰也不能指責我們」。

　　「她說的對」父親自言自語道。母親直到現在仍上氣不接下氣，雙手摀著嘴悶咳了幾聲，眼神空洞。

　　妹妹跑向母親，用手撐住她的額頭。妹妹的話讓格雷戈爾的父親下定決心。他站起身，在房客用完餐的盤子旁把玩工作時戴的帽子，時不時看向躺在地上毫無生氣的格雷戈爾。

　　「我們要擺脫他」妹妹對父親說，因為母親此時只顧著咳嗽。「再這樣下去，我們都會死的，我已經可以預見。平常上班已經夠累了，回家還要受這種折磨，我們怎麼撐得下去。我真的受不了了。」她嚎啕大哭，淚水滴在母親臉上，她僵硬地抹去落在母親臉上的淚。

「我可憐的孩子」父親理解地對她說「怎麼辦才好？」

妹妹聳了聳肩，看起來很無助，哭得不能自己，之前話裡的斬釘截鐵也消失殆盡。

「要是牠聽得懂人話……」父親用充滿懷疑的語氣說。妹妹滿臉淚，用力擺擺手，像是在說不可能。

「要是他聽得懂人話就好了」父親再次說道，閉上眼睛似乎同意了妹妹的看法，接著又說「也許我們可以做些安排，但是……」

「牠一定得走」妹妹大喊「這是唯一的方法了，爸爸，不要再把牠當成格雷戈爾，就是這種想法我們才痛苦這麼久。牠怎麼會是格雷戈爾？如果是格雷戈爾的話，早就知道人不可能和這種動物住在一起，他早就自己離開家了。雖然沒有哥哥，但是我們可以好好生活，在心中懷念他。因為這隻動物的迫害，房客被趕跑了，牠根本就是想占領整層公寓，讓我們露宿街頭。爸，你看……」她突然驚聲尖叫「又來了！」格雷戈爾完全無法理解妹妹的驚恐，她猛然起身，把自己推離母親所在的椅子，好似寧可犧牲母親也不願靠近格雷戈爾一點點。

她躲到父親背後，純粹因為妹妹的舉動，他變得情緒激動，舉起雙手好像要保護妹妹似的。

格雷戈爾根本沒想過要嚇任何人，更何況是妹妹。他只是想轉身回自己房間，但是他痛到連轉身都要費好大的力氣，只能靠頭頂著地面慢慢轉身，一下抬起頭一下用頭頂著地面，不斷重複。他停頓一下，四處張望。家人似乎了解他沒有惡意，只稍稍緊戒一下，冷冷望著他。母親坐在椅子上，雙腿併在一起伸直雙腳，雙眼因為疲憊幾乎已經閉上；妹妹則坐在父親身邊，摟著父親的脖子。

「或許現在我可以轉身」格雷戈爾心想，然後繼續動作。因為太費力，他不由得氣喘吁吁，不時還得休息一下。沒有人催他，他可以自己決定。一轉好身，他就開始往前移動。對於房間離他有多遠感到驚訝，不知道自己怎麼能在不知不覺中用如此虛弱的狀態爬到這裡。他一心一意想盡快往前爬，完全沒注意到家人一句話也沒說，也沒有任何呼喊，自己的爬行完全沒到遇阻礙。他頭也不回往房間爬，直到房門口他才感覺到脖子的僵硬，但是這不妨礙他微微轉頭，看見身後一切維持原樣，只有妹妹站了起來。他最後一瞥只看見母親陷入沉睡。

才剛進房間，門就被迅速關上並且上鎖。格雷戈爾被身後突然的聲響嚇得腿軟。動作如此迅速的正是妹妹。她站著等待，一個箭步向前，格雷戈爾連腳步聲都沒聽到，妹妹一邊轉動鑰匙，一邊大聲對父母說「終於！」

「那，現在呢？」格雷戈爾在一片漆黑中張望著問自己。他很快就發現自己動彈不得，但是他一點也不意外，反而覺得這些細長的腳支撐了那麼久才令人意外。同時他也感到異常舒適。雖然混身都痛，但是痛慢慢減弱，漸漸消逝。他幾乎感覺不到背上那顆腐爛的蘋果，或是蘋果周圍完全被灰塵覆蓋、發炎紅腫的傷口。他情緒激動，回想著摯愛的家人。如果可以，他想走得遠遠的，這種心情比妹妹更為堅定。他的心空落落，平靜的沉思著，直到凌晨聽見鐘聲敲了三下。

他看見窗外漸漸亮了起來，然後不情願地垂下了頭，慢慢嚥下最後一口氣。

打掃阿姨一大清早不顧囑咐用力關門，因為她力大無窮，個性又急，所以公寓裡每個人都知道她來了，大家都不用睡了。她一如既往打開格雷戈爾的房門，一開始沒發現什麼不同，以為他故意躺在那裡一動也不動，假裝自己很可憐，她猜測著他各種可能的想法。剛好手上握著掃把，於是她站在門口用掃把搔格雷戈爾癢。因為沒有反應，她有點惱火，就用掃把戳格雷戈爾，卻發現格雷戈爾完全沒有任何抵抗，這才發現不對勁。她很快意識到這是怎麼回事，瞪大雙眼，吹了聲口哨，馬上衝去打開臥室房門大喊「快來看，牠死了，一動也不動！」

薩姆沙先生、薩姆沙太太從床上坐起，努力從打掃阿姨帶來的驚擾中冷靜下來，思考她說的話，然後各自從床的兩側快速下床。薩姆沙先生在身上圍了一件毯子，薩姆沙太太只穿著睡衣就往格雷戈爾的房間走去。途中他們順手打開客廳的門，因為房間租給別人，格蕾特只能睡在這裡。格蕾特已經穿好衣服，蒼白的臉色說明了她徹夜未眠。「死了？」薩姆沙太太問，對打掃阿姨投以詢問的神情，她大可親自確認，甚至連確認都不需要。「我想是的」打掃阿姨回答，她用掃把鏟了鏟格雷戈爾推到邊邊以示證明。薩姆沙太太動了動，好像要握住掃把，但是沒有再繼續動作。「現在」薩姆沙先生說「我們應該感謝老天」。他在胸前畫了個十字，其他三人也照做。格蕾特兩眼直盯著屍體說「看看他多瘦。他好久沒吃東西，送進來的食物總是原封不動」。格雷戈爾的屍體又乾又瘦，直到現在大家才仔細端詳，但是現在他的腳撐不起身體，也不會有讓大家無法直視的舉動。

「格蕾特，過來一下」薩姆沙太太哀傷地笑了笑說，格蕾特跟著父母走進臥室，一邊回頭看。打掃阿姨關上房門，打開房裡的窗戶。雖然還是清晨，空氣中帶著一絲暖意，畢竟已經三月底了。

三位房客走出房間，卻沒看到早餐，對自己受到忽視很驚訝。「我們的早餐呢？」中間那名房客不悅地問打掃阿姨。她比了個「噓！」的動作，又快速比手畫腳要三位房客進格雷戈爾的房間看。他們照做了，雙手插在已經極度磨損的外套口袋裡，圍著格雷戈爾的屍體。這時房間已經很亮。

臥室的房門打了開來，薩姆沙先生穿著制服，一手挽著太太，一手挽著女兒。他們看起來像剛哭過，格蕾特時不時把臉埋進父親的手臂。

「請馬上離開我們家！」挽著妻女的薩姆沙先生指著門說。「什麼意思？」中間那位房客錯愕地微笑問道。另外兩位房客雙手揹在背後，不停搓著手，樂見一場必然對自己有利的爭吵。「我已經說了」薩姆沙先生說完，在妻女地陪伴下逕直走向這名房客。一開始，他一動也不動，只是望著地板，好像大腦在高速運轉。

「好，我們會走」他說，然後看了看薩姆沙先生，突然變得很謙遜，似乎在等待薩姆沙先生的答覆。薩姆沙先生只是睜大了眼睛，對他連連點點頭。他隨即大步走向前廳，另兩名房客也早就不再搓手，而是仔細聽著對話的內容，然後立刻跟上腳步，生怕薩姆沙先生會走進前廳，打斷他們和領頭開口房客的連結。三位房客取下帽架上的帽子，拿起手杖，沉默地鞠躬後離去。薩姆沙先生和他的妻女跟著走出家門，靠著扶手看房客緩緩邁下了好幾階的階梯。在每層樓的轉角處他們消失，然後又再出現，越往下走，薩姆沙一家就越沒興趣看。這時一位肉舖店員頭頂著一個托盤，昂首闊步經過他們，繼續往上爬，薩姆沙一家才離開樓梯扶手，像鬆了一口氣般走進家門。

　　他們決定這一天要好好放鬆和散步。不只因為不工作可以休息一下，他們真的很需要喘息。於是他們坐在桌前，寫了三封信請假～薩姆沙先生寫給雇主；薩姆沙太太寫給客戶；格蕾特寫給老闆。打掃阿姨在他們寫信時進來告知已經做完早上的工作，準備離開。薩姆沙一家一開始只是邊寫信邊點點頭，但是打掃阿姨一直沒有要離開的意思，他們才不耐煩地抬起頭。「怎麼了？」薩姆沙先生問道，打掃阿姨掛著笑容站在門口，好像有什麼天大的好消息要宣布，但是一定要有人問她才會開口。她帽子上插著一根幾乎垂直的鴕鳥羽毛，在這裡工作時這根羽毛總是讓薩姆沙先生感到很煩躁，現在這根羽毛輕輕搖晃著。「到底有什麼事？」打掃阿姨對尊敬的薩姆沙先生問。「是這樣的」她大笑到無法繼續，過了一下才說「嗯，不用擔心裡面那東西要怎麼處理，我都處理好了」。薩姆沙太太和格蕾特低下頭看了看正在寫的信，想要繼續寫。薩姆沙先生發現打掃阿姨想要詳細描述，於是他伸手阻止。因為被打斷，她驚覺自己必須走了，有點惱火，只好喊道「掰囉，大家」。然後用力關上門果斷轉身離去。

　　「晚上就炒了她」薩姆沙先生說，但是妻女沉默不語，早先的寧靜已經被打掃阿姨摧毀殆盡。她們起身走向窗邊，摟著彼此。薩姆沙先生坐在椅子上扭過身看著這對母女，就這樣靜靜過了一會兒。然後他說「過來我這，讓我們忘了過去種種，好嗎？把注意放在我身上」。她們馬上走到他的身邊親吻他、擁抱他，然後快速把手邊的信寫完。

　　隨後他們一起走出公寓，這是這幾個月以來第一次，他們搭路面電車到郊區。車廂灑滿溫暖的陽光，他們舒服地坐在座位上，討論著未來，發現未來不是那麼糟，然而直到現在他們才問起彼此的工作，而且三個人的工作都還不錯，也很有前景。目前能夠做的最大改變就是搬家了，因為他們現在需要的是空間小一點、租金便宜一點的公寓，而不是目前這個格雷戈爾所挑選的公寓，他們準備找個位置好一點，更符合需求的公寓。格蕾特變得活潑有生氣，過去一段時間以來因為憂慮她的臉色變得蒼白，但是薩姆沙夫婦幾乎同時注意到女兒，已經長得亭亭玉立了。他們倆默默想著，交換了個眼神，是該幫女兒找個好歸宿了。一到目的地，格蕾特就立馬站起來，伸展她充滿青春氣息的身體，像是在回應新的未來和父母的期望。

The Metamorphosis

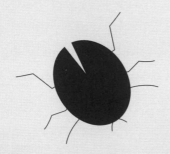

– Chapter 1 –

One morning, when Gregor Samsa woke from troubled dreams, he found himself transformed in his bed into a horrible vermin. He lay on his armour-like back, and if he lifted his head a little he could see his brown belly, slightly domed and divided by arches into stiff sections. The bedding was hardly able to cover it and seemed ready to slide off any moment. His many legs, pitifully thin compared with the size of the rest of him, waved about helplessly as he looked.

"What's happened to me?" he thought. It wasn't a dream. His room, a proper human room although a little too small, lay peacefully between its four familiar walls. A collection of textile samples lay spread out on the table—Samsa was a travelling salesman—and above it there hung a picture that he had recently cut out of an illustrated magazine and housed in a nice, gilded frame. It showed a lady fitted out with a fur hat and fur boa who sat upright, raising a heavy fur muff that covered the whole of her lower arm towards the viewer.

Gregor then turned to look out the window at the dull weather. Drops of rain could be heard hitting the pane, which made him feel quite sad. "How about if I sleep a little bit longer and forget all this nonsense", he thought, but that was something he was unable to do because he was used to sleeping on his right, and in his present state couldn't get into that position. However hard he threw himself onto his right, he always rolled back to where he was. He must have tried it a hundred times, shut his eyes so that he wouldn't have to look at the floundering legs, and only stopped when he began to feel a mild, dull pain there that he had never felt before.

"Oh, God", he thought, "what a strenuous career it is that I've chosen! Travelling day in and day out. Doing business like this takes much more effort than doing your own business at home, and on top of that there's the curse of travelling, worries about making train connections, bad and irregular food, contact with different people all the time so that you can never get to know anyone or become friendly with them. It can all go to Hell!" He felt a slight itch up on his belly; pushed himself slowly up on his back towards the headboard so that he could lift his head better; found where the itch was, and saw that it was covered with lots of little white spots which he didn't know what to make of; and when he tried to feel the place with one of his legs he drew it quickly back because as soon as he touched it he was overcome by a cold shudder.

He slid back into his former position. "Getting up early all the time", he thought, "it makes you stupid. You've got to get enough sleep. Other travelling salesmen live a life of luxury. For instance, whenever I go back to the guest house during the morning to copy out the contract, these gentlemen are always still sitting there eating their breakfasts. I ought to just try that with my boss; I'd get kicked out on the spot. But who knows, maybe that would be the best thing for me. If I didn't have my parents to think about I'd have given in my notice a long time ago, I'd have gone up to the boss and told him just what I think, tell him everything I would, let him know just what I feel. He'd fall right off his desk! And it's a funny sort of business to be sitting up there at your desk, talking down at your subordinates from up there, especially when you have to go right up close because the boss is hard of hearing. Well, there's still some hope; once I've got the money together to pay off my parents' debt to him—another five or six years I suppose—that's definitely what I'll do. That's when I'll make the big change. First of all though, I've got to get up, my train leaves at five."

And he looked over at the alarm clock, ticking on the chest of drawers. "God in Heaven!" he thought. It was half past six and the hands were quietly moving forwards, it was even later than half past, more like quarter to seven. Had the alarm clock not rung? He could see from the bed that it had

been set for four o'clock as it should have been; it certainly must have rung. Yes, but was it possible to quietly sleep
through that furniture-rattling noise? True, he had not slept
peacefully, but probably all the more deeply because of that.
What should he do now? The next train went at seven; if he
were to catch that he would have to rush like mad and the
collection of samples was still not packed, and he did not at
all feel particularly fresh and lively. And even if he did catch
the train he would not avoid his boss's anger as the office
assistant would have been there to see the five o'clock train
go, he would have put in his report about Gregor's not being there a long time ago. The office assistant was the boss's
man, spineless, and with no understanding. What about if he
reported sick? But that would be extremely strained and suspicious as in five years of service Gregor had never once yet
been ill. His boss would certainly come round with the doctor from the medical insurance company, accuse his parents
of having a lazy son, and accept the doctor's recommendation
not to make any claim as the doctor believed that no-one was
ever ill but that many were workshy. And what's more, would
he have been entirely wrong in this case? Gregor did in fact,
apart from excessive sleepiness after sleeping for so long, feel
completely well and even felt much hungrier than usual.

He was still hurriedly thinking all this through, unable to

decide to get out of the bed, when the clock struck quarter to seven. There was a cautious knock at the door near his head. "Gregor", somebody called—it was his mother—"it's quarter to seven. Didn't you want to go somewhere?" That gentle voice! Gregor was shocked when he heard his own voice answering, it could hardly be recognised as the voice he had had before. As if from deep inside him, there was a painful and uncontrollable squeaking mixed in with it, the words could be made out at first but then there was a sort of echo which made them unclear, leaving the hearer unsure whether he had heard properly or not. Gregor had wanted to give a full answer and explain everything, but in the circumstances contented himself with saying: "Yes, mother, yes, thank-you, I'm getting up now." The change in Gregor's voice probably could not be noticed outside through the wooden door, as his mother was satisfied with this explanation and shuffled away. But this short conversation made the other members of the family aware that Gregor, against their expectations was still at home, and soon his father came knocking at one of the side doors, gently, but with his fist. "Gregor, Gregor", he called, "what's wrong?" And after a short while he called again with a warning deepness in his voice: "Gregor! Gregor!" At the other side door his sister came plaintively: "Gregor? Aren't you well? Do you need anything?" Gregor answered to both sides: "I'm ready, now", making an effort to remove all

the strangeness from his voice by enunciating very carefully
and putting long pauses between each, individual word. His
father went back to his breakfast, but his sister whispered:
"Gregor, open the door, I beg of you." Gregor, however, had
no thought of opening the door, and instead congratulated
himself for his cautious habit, acquired from his travelling, of
locking all doors at night even when he was at home.

The first thing he wanted to do was to get up in peace
without being disturbed, to get dressed, and most of all to
have his breakfast. Only then would he consider what to
do next, as he was well aware that he would not bring his
thoughts to any sensible conclusions by lying in bed. He remembered that he had often felt a slight pain in bed, perhaps
caused by lying awkwardly, but that had always turned out
to be pure imagination and he wondered how his imaginings
would slowly resolve themselves today. He did not have the
slightest doubt that the change in his voice was nothing more
than the first sign of a serious cold, which was an occupation-
al hazard for travelling salesmen.

It was a simple matter to throw off the covers; he only had
to blow himself up a little and they fell off by themselves.
But it became difficult after that, especially as he was so
exceptionally broad. He would have used his arms and his
hands to push himself up; but instead of them he only had all

those little legs continuously moving in different directions, and which he was moreover unable to control. If he wanted to bend one of them, then that was the first one that would stretch itself out; and if he finally managed to do what he wanted with that leg, all the others seemed to be set free and would move about painfully. "This is something that can't be done in bed", Gregor said to himself, "so don't keep trying to do it".

The first thing he wanted to do was get the lower part of his body out of the bed, but he had never seen this lower part, and could not imagine what it looked like; it turned out to be too hard to move; it went so slowly; and finally, almost in a frenzy, when he carelessly shoved himself forwards with all the force he could gather, he chose the wrong direction, hit hard against the lower bedpost, and learned from the burning pain he felt that the lower part of his body might well, at present, be the most sensitive.

So then he tried to get the top part of his body out of the bed first, carefully turning his head to the side. This he managed quite easily, and despite its breadth and its weight, the bulk of his body eventually followed slowly in the direction of the head. But when he had at last got his head out of the bed and into the fresh air it occurred to him that if he let himself fall it would be a miracle if his head were not injured, so he became afraid to carry on pushing himself forward the same way. And he could not knock himself out now at any price; better to stay in bed than lose consciousness.

It took just as much effort to get back to where he had been earlier, but when he lay there sighing, and was once more watching his legs as they struggled against each other even harder than before, if that was possible, he could think of no way of bringing peace and order to this chaos. He told himself once more that it was not possible for him to stay in bed and that the most sensible thing to do would be to get free of it in whatever way he could at whatever sacrifice. At the same time, though, he did not forget to remind himself that calm consideration was much better than rushing to desperate conclusions. At times like this he would direct his eyes to the window and look out as clearly as he could, but unfortunately, even the other side of the narrow street was enveloped in morning fog and the view had little confidence or cheer to offer him. "Seven o'clock, already", he said to himself when the clock struck again, "seven o'clock, and there's still a fog like this." And he lay there quietly a while longer, breathing lightly as if he perhaps expected the total stillness to bring things back to their real and natural state.

But then he said to himself: "Before it strikes quarter past seven I'll definitely have to have got properly out of bed.

And by then somebody will have come round from work to ask what's happened to me as well, as they open up at work before seven o'clock." And so he set himself to the task of swinging the entire length of his body out of the bed all at the same time. If he succeeded in falling out of bed in this way and kept his head raised as he did so he could probably avoid injuring it. His back seemed to be quite hard, and probably nothing would happen to it falling onto the carpet. His main concern was for the loud noise he was bound to make, and which even through all the doors would probably raise concern if not alarm. But it was something that had to be risked.

When Gregor was already sticking half way out of the bed—the new method was more of a game than an effort, all he had to do was rock back and forth—it occurred to him how simple everything would be if somebody came to help him. Two strong people—he had his father and the maid in mind—would have been more than enough; they would only have to push their arms under the dome of his back, peel him away from the bed, bend down with the load and then be patient and careful as he swung over onto the floor, where, hopefully, the little legs would find a use. Should he really call for help though, even apart from the fact that all the doors were locked? Despite all the difficulty he was in, he could not suppress a smile at this thought.

After a while he had already moved so far across that it would have been hard for him to keep his balance if he rocked too hard. The time was now ten past seven and he would have to make a final decision very soon. Then there was a ring at the door of the flat. "That'll be someone from work", he said to himself, and froze very still, although his little legs only became all the more lively as they danced around. For a moment everything remained quiet. "They're not opening the door", Gregor said to himself, caught in some nonsensical hope. But then of course, the maid's firm steps went to the door as ever and opened it. Gregor only needed to hear the visitor's first words of greeting and he knew who it was—the chief clerk himself. Why did Gregor have to be the only one condemned to work for a company where they immediately became highly suspicious at the slightest shortcoming? Were all employees, every one of them, louts, was there not one of them who was faithful and devoted who would go so mad with pangs of conscience that he couldn't get out of bed if he didn't spend at least a couple of hours in the morning on company business? Was it really not enough to let one of the trainees make enquiries—assuming enquiries were even necessary—did the chief clerk have to come himself, and did they have to show the whole, innocent family that this was so suspicious that only the chief clerk could be trusted to have the wisdom to investigate it? And more because these thoughts had made him upset than through any proper decision, he swang himself with all his force out of the bed. There was a loud thump, but it wasn't really a loud noise. His fall was softened a little by the carpet, and Gregor's back was also more elastic than he had thought, which made the sound muffled and not too noticeable. He had not held his head carefully enough, though, and hit it as he fell; annoyed and in pain, he turned it and rubbed it against the carpet.

"Something's fallen down in there", said the chief clerk in the room on the left. Gregor tried to imagine whether something of the sort that had happened to him today could ever happen to the chief clerk too; you had to concede that it was possible. But as if in gruff reply to this question, the chief clerk's firm footsteps in his highly polished boots could now be heard in the adjoining room. From the room on his right, Gregor's sister whispered to him to let him know: "Gregor, the chief clerk is here." "Yes, I know", said Gregor to himself; but without daring to raise his voice loud enough for his sister to hear him.

"Gregor", said his father now from the room to his left, "the chief clerk has come round and wants to know why you didn't leave on the early train. We don't know what to say to him. And anyway, he wants to speak to you personally. So please open up this door. I'm sure he'll be good enough to forgive the untidiness of your room." Then the chief clerk called "Good morning, Mr. Samsa". "He isn't well", said his mother to the chief clerk, while his father continued to speak through the door. "He isn't well, please believe me. Why else would Gregor have missed a train! The lad only ever thinks about the business. It nearly makes me cross the way he never goes out in the evenings; he's been in town for a week now but stayed home every evening. He sits with us in the kitchen and just reads the paper or studies train timetables. His idea of relaxation is working with his fretsaw. He's made a little frame, for instance, it only took him two or three evenings, you'll be amazed how nice it is; it's hanging up in his room; you'll see it as soon as Gregor opens the door. Anyway, I'm glad you're here; we wouldn't have been able to get Gregor to open the door by ourselves; he's so stubborn; and I'm sure he isn't well, he said this morning that he is, but he isn't." "I'll be there in a moment", said Gregor slowly and thoughtfully, but without moving so that he would not miss any word of the conversation. "Well I can't think of any other way of explaining it, Mrs. Samsa", said the chief clerk, "I hope it's nothing serious. But on the other hand, I must say that if we people in commerce ever become slightly unwell then, fortunately or unfortunately as you like, we simply have to overcome it because of business considerations." "Can the chief clerk come in to see you now then?", asked his father impatiently, knocking at the door again. "No", said Gregor. In the room on his right there followed a painful silence; in the room on his left his sister began to cry.

So why did his sister not go and join the others? She had probably only just got up and had not even begun to get dressed. And why was she crying? Was it because he had not got up, and had not let the chief clerk in, because he was in danger of losing his job and if that happened his boss would once more pursue their parents with the same demands as before? There was no need to worry about things like that yet. Gregor was still there and had not the slightest intention of abandoning his family. For the time being he just lay there on the carpet, and no-one who knew the condition he was in would seriously have expected him to let the chief clerk in. It was only a minor discourtesy, and a suitable excuse could easily be found for it later on, it was not something for which Gregor could be sacked on the spot. And it seemed to Gregor much more sensible to leave him now in peace instead of disturbing him with talking at him and crying. But the others didn't know what was happening, they were worried, that would excuse their behaviour.

The chief clerk now raised his voice, "Mr. Samsa", he called to him, "what is wrong? You barricade yourself in your room, give us no more than yes or no for an answer, you are causing serious and unnecessary concern to your parents and you fail—and I mention this just by the way—you fail to carry out your business duties in a way that is quite unheard of. I'm speaking here on behalf of your parents and of your employer, and really must request a clear and immediate explanation. I am astonished, quite astonished. I thought I knew you as a calm and sensible person, and now you suddenly seem to be showing off with peculiar whims. This morning, your employer did suggest a possible reason for your failure to appear, it's true—it had to do with the money that was recently entrusted to you—but I came near to giving him my word of honour that that could not be the right explanation. But now that I see your incomprehensible stubbornness I no longer feel any wish whatsoever to intercede on your behalf. And nor is your position all that secure. I had originally intended to say all this to you in private, but since you cause me to waste my time here for no good reason I don't see why your parents should not also learn of it. Your turnover has been very unsatisfactory of late; I grant you that it's not the time of year to do especially good business, we recognise that; but there simply is no time of year to do no business at all, Mr. Samsa, we cannot allow there to be."

"But Sir", called Gregor, beside himself and forgetting all else in the excitement, "I'll open up immediately, just a moment. I'm slightly unwell, an attack of dizziness, I haven't been able to get up. I'm still in bed now. I'm quite fresh again now, though. I'm just getting out of bed. Just a moment. Be patient! It's not quite as easy as I'd thought. I'm quite alright now, though. It's shocking, what can suddenly happen to a person! I was quite alright last night, my parents know about it, perhaps better than me, I had a small symptom of it last night already. They must have noticed it. I don't know why I didn't let you know at work! But you always think you can get over an illness without staying at home. Please, don't make my parents suffer! There's no basis for any of the accusations you're making; nobody's ever said a word to me about any of these things. Maybe you haven't read the latest contracts I sent in. I'll set off with the eight o'clock train, as well, these few hours of rest have given me strength. You don't need to wait, sir; I'll be in the office soon after you, and please be so good as to tell that to the boss and recommend me to him!"

And while Gregor gushed out these words, hardly knowing what he was saying, he made his way over to the chest of drawers—this was easily done, probably because of the practise he had already had in bed—where he now tried to get himself upright. He really did want to open the door, really did want to let them see him and to speak with the chief clerk; the others were being so insistent, and he was curious to learn what they would say when they caught sight of him. If they were shocked then it would no longer be Gregor's responsibility and he could rest. If, however, they took everything calmly he would still have no reason to be upset, and if he hurried he really could be at the station for eight o'clock. The first few times he tried to climb up on the smooth chest of drawers he just slid down again, but he finally gave himself one last swing and stood there upright; the lower part of his body was in serious pain but he no longer gave any attention to it. Now he let himself fall against the back of a nearby chair and held tightly to the edges of it with his little legs. By now he had also calmed down, and kept quiet so that he could listen to what the chief clerk was saying.

"Did you understand a word of all that?" the chief clerk asked his parents, "surely he's not trying to make fools of us". "Oh, God!" called his mother, who was already in tears, "he could be seriously ill and we're making him suffer. Grete! Grete!" she then cried. "Mother?" his sister called from the other side. They communicated across Gregor's room. "You'll have to go for the doctor straight away. Gregor is ill. Quick, get the doctor. Did you hear the way Gregor spoke just now?" "That was the voice of an animal", said the chief clerk, with a calmness that was in contrast with his mother's screams. "Anna! Anna!" his father called into the kitchen through the entrance hall, clapping his hands, "get a locksmith here, now!" And the two girls, their skirts swishing, immediately ran out through the hall, wrenching open the front door of the flat as they went. How had his sister managed to get dressed so quickly? There was no sound of the door banging shut again; they must have left it open; people often do in homes where something awful has happened.

Gregor, in contrast, had become much calmer. So they couldn't understand his words any more, although they seemed clear enough to him, clearer than before—perhaps his ears had become used to the sound. They had realised, though, that there was something wrong with him, and were ready to help. The first response to his situation had been confident and wise, and that made him feel better. He felt that he had been drawn back in among people, and from the doctor and the locksmith he expected great and surprising achievements—although he did not really distinguish one from the other. Whatever was said next would be crucial, so, in order to make his voice as clear as possible, he coughed a little, but taking care to do this not too loudly as even this might well sound different from the way that a human coughs and he was no longer sure he could judge this for himself. Meanwhile, it had become very quiet in the next room. Perhaps his parents were sat at the table whispering with the chief clerk, or perhaps they were all pressed against the door and listening.

Gregor slowly pushed his way over to the door with the chair. Once there he let go of it and threw himself onto the door, holding himself upright against it using the adhesive on the tips of his legs. He rested there a little while to recover from the effort involved and then set himself to the task of turning the key in the lock with his mouth. He seemed, unfortunately, to have no proper teeth—how was he, then, to grasp the key?—but the lack of teeth was, of course, made up for with a very strong jaw; using the jaw, he really was able to start the key turning, ignoring the fact that he must have been causing some kind of damage as a brown fluid came from his mouth, flowed over the key and dripped onto the floor. "Listen", said the chief clerk in the next room, "he's turning the key." Gregor was greatly encouraged by this; but they all should have been calling to him, his father and his mother too: "Well done, Gregor", they should have cried, "keep at it, keep hold of the lock!" And with the idea that they were all excitedly following his efforts, he bit on the key with all his strength, paying no attention to the pain he was causing himself. As the key turned round he turned around the lock with it, only holding himself upright with his mouth, and hung onto the key or pushed it down again with the whole weight of his body as needed. The clear sound of the lock as it snapped back was Gregor's sign that he could break his concentration, and as he regained his breath he said to himself: "So, I didn't need the locksmith after all". Then he lay his head on the handle of the door to open it completely.

Because he had to open the door in this way, it was already wide open before he could be seen. He had first to slowly turn himself around one of the double doors, and he had to do it very carefully if he did not want to fall flat on his back before entering the room. He was still occupied with this difficult movement, unable to pay attention to anything else, when he heard the chief clerk exclaim a loud "Oh!", which sounded like the soughing of the wind. Now he also saw him—he was the nearest to the door—his hand pressed against his open mouth and slowly retreating as if driven by a steady and invisible force. Gregor's mother, her hair still dishevelled from bed despite the chief clerk's being there, looked at his father. Then she unfolded her arms, took two steps forward towards Gregor and sank down onto the floor into her skirts that spread themselves out around her as her head disappeared down onto her breast. His father looked hostile, and clenched his fists as if wanting to knock Gregor back into his room. Then he looked uncertainly round the living room, covered his eyes with his hands and wept so that his powerful chest shook.

So Gregor did not go into the room, but leant against the inside of the other door which was still held bolted in place. In this way only half of his body could be seen, along with his head above it which he leant over to one side as he peered out at the others. Meanwhile the day had become much lighter; part of the endless, grey-black building on the other side of the street—which was a hospital—could be seen quite clearly with the austere and regular line of windows piercing its façade; the rain was still falling, now throwing down large, individual droplets which hit the ground one at a time. The washing up from breakfast lay on the table; there was so much of it because, for Gregor's father, breakfast was the most important meal of the day and he would stretch it out for several hours as he sat reading a number of different newspapers. On the wall exactly opposite there was photograph of Gregor when he was a lieutenant in the army, his sword in his hand and a carefree smile on his face as he called forth respect for his uniform and bearing. The door to the entrance hall was open and as the front door of the flat was also open he could see onto the landing and the stairs where they began their way down below.

"Now, then", said Gregor, well aware that he was the only one to have kept calm, "I'll get dressed straight away now, pack up my samples and set off. Will you please just let me leave? You can see", he said to the chief clerk, "that I'm not stubborn and I like to do my job; being a commercial traveller is arduous but without travelling I couldn't earn my living. So where are you going, in to the office? Yes? Will you report everything accurately, then? It's quite possible for someone to be temporarily unable to work, but that's just the right time to remember what's been achieved in the past and consider that later on, once the difficulty has been removed, he will certainly work with all the more diligence and concentration. You're well aware that I'm seriously in debt to our employer as well as having to look after my parents and my sister, so that I'm trapped in a difficult situation, but I will work my way out of it again. Please don't make things any harder for me than they are already, and don't take sides against me at the office. I know that nobody likes the travellers. They think we earn an enormous wage as well as having a soft time of it. That's just prejudice but they have no particular reason to think better of it. But you, sir, you have a better overview than the rest of the staff, in fact, if I can say this in confidence, a better overview than the boss himself—it's very easy for a businessman like him to make mistakes about his employees and judge them more harshly than he should. And you're also well aware that we travellers spend almost the whole year away from the office, so that we can very easily fall victim to gossip and chance and groundless complaints, and it's almost impossible to defend yourself from that sort of thing, we don't usually even hear about them, or if at all it's when we arrive back home exhausted from a trip, and that's when we feel the harmful effects of what's been going on without even knowing what caused them. Please, don't go away, at least first say something to show that you grant that I'm at least partly right!"

But the chief clerk had turned away as soon as Gregor had started to speak, and, with protruding lips, only stared back at him over his trembling shoulders as he left. He did not keep still for a moment while Gregor was speaking, but moved steadily towards the door without taking his eyes off him. He moved very gradually, as if there had been some secret prohibition on leaving the room. It was only when he had reached the entrance hall that he made a sudden movement, drew his foot from the living room, and rushed forward in a panic. In the hall, he stretched his right hand far out towards the stairway as if out there, there were some supernatural force waiting to save him.

Gregor realised that it was out of the question to let the chief clerk go away in this mood if his position in the firm was not to be put into extreme danger. That was something his parents did not understand very well; over the years, they had become convinced that this job would provide for Gregor for his entire life, and besides, they had so much to worry about at present that they had lost sight of any thought for the future. Gregor, though, did think about the future. The chief clerk had to be held back, calmed down, convinced and finally won over; the future of Gregor and his family depended on it! If only his sister were here! She was clever; she was already in tears while Gregor was still lying peacefully on his back. And the chief clerk was a lover of women, surely she could persuade him; she would close the front door in the entrance hall and talk him out of his shocked state. But his sister was not there, Gregor would have to do the job himself. And without considering that he still was not familiar with how well he could move about in his present state, or that his speech still might not—or probably would not—be understood, he let go of the door; pushed himself through the opening; tried to reach the chief clerk on the landing who, ridiculously, was holding on to the banister with both hands; but Gregor fell immediately over and, with a little scream as he sought something to hold onto, landed on his numerous little legs. Hardly had that happened than, for the first time that day, he began to feel alright with his body; the little legs had the solid ground under them; to his pleasure, they did exactly as he told them; they were even making the effort to carry him where he wanted to go; and he was soon believing that all his sorrows would soon be finally at an end. He held back the urge to move but swayed from side to side as he crouched there on the floor. His mother was not far away in front of him and seemed, at first, quite engrossed in herself, but then she suddenly jumped up with her arms outstretched and her fingers spread shouting: "Help, for pity's sake, Help!" The way she held her head suggested she wanted to see Gregor better, but the unthinking way she was hurrying backwards showed that she did not; she had forgotten that the table was behind her with all the breakfast things on it; when she reached the table she sat quickly down on it without knowing what she was doing; without even seeming to notice that the coffee pot had been knocked over and a gush of coffee was pouring down onto the carpet.

"Mother, mother", said Gregor gently, looking up at her. He had completely forgotten the chief clerk for the moment, but could not help himself snapping in the air with his jaws at the sight of the flow of coffee. That set his mother screaming anew, she fled from the table and into the arms of his father as he rushed towards her. Gregor, though, had no time to spare for his parents now; the chief clerk had already reached the stairs; with his chin on the banister, he looked back for the last time. Gregor made a run for him; he wanted to be sure of reaching him; the chief clerk must have expected something, as he leapt down several steps at once and disappeared; his shouts resounding all around the staircase. The flight of the chief clerk seemed, unfortunately, to put Gregor's father into a panic as well. Until then he had been relatively self controlled, but now, instead of running after the chief clerk himself, or at least not impeding Gregor as he ran after him, Gregor's father seized the chief clerk's stick in his right hand (the chief clerk had left it behind on a chair, along with his hat and overcoat), picked up a large newspaper from the table with his left, and used them to drive Gregor back into his room, stamping his foot at him as he went. Gregor's appeals to his father were of no help, his appeals were simply not understood, however much he humbly turned his head his father merely stamped his foot all the harder. Across the room, despite the chilly weather, Gregor's mother had pulled open a window, leant far out of it and pressed her hands to her face. A strong draught of air flew in from the street towards the stairway, the curtains flew up, the newspapers on the table fluttered and some of them were blown onto the floor. Nothing would stop Gregor's father as he drove him back, making hissing noises at him like a wild man. Gregor had never had any practice in moving backwards and was only able to go very slowly. If Gregor had only been allowed to turn round he would have been back in his room straight away, but he was afraid that if he took the time to do that his father would become impatient, and there was the threat of a lethal blow to his back or head from the stick in his father's hand any moment. Eventually, though, Gregor realised that he had no choice as he saw, to his disgust, that he was quite incapable of going backwards in a straight line; so he began, as quickly as possible and with frequent anxious glances at his father, to turn himself round. It went very slowly, but perhaps his father was able to see his good intentions as he did nothing to hinder him, in fact now and then he used the tip of his stick to give directions from a distance as to which way to turn. If only his father would stop that unbearable hissing! It was making Gregor quite confused. When he had nearly finished turning round, still listening to that hissing, he made a mistake and turned himself back a little the way he had just come. He was pleased when he finally had his head in front of the doorway, but then saw that it was too narrow, and his body was too broad to get through it without further difficulty. In his present mood, it obviously did not occur to his father to open the other of the double doors so that Gregor would have enough space to get through. He was merely fixed on the idea that Gregor should be got back into his room as quickly as possible. Nor would he ever have allowed Gregor the time to get himself upright as preparation for getting through the doorway. What he did, making more noise than ever, was to drive Gregor forwards all the harder as if there had been nothing in the way; it sounded to Gregor as if there was now more than one father behind him; it was not a pleasant experience, and Gregor pushed himself into the doorway without regard for what might happen. One side of his body lifted itself, he lay at an angle in the doorway, one flank scraped on the white door and was painfully injured, leaving vile brown flecks on it, soon he was stuck fast and would not have been able to move at all by himself, the little legs along one side hung quivering in the air while those on the other side were pressed painfully against the ground. Then his father gave him a hefty shove from behind which released him from where he was held and sent him flying, and heavily bleeding, deep into his room. The door was slammed shut with the stick, then, finally, all was quiet.

- Chapter 2 -

It was not until it was getting dark that evening that Gregor awoke from his deep and coma-like sleep. He would have woken soon afterwards anyway even if he hadn't been disturbed, as he had had enough sleep and felt fully rested. But he had the impression that some hurried steps and the sound of the door leading into the front room being carefully shut had woken him. The light from the electric street lamps shone palely here and there onto the ceiling and tops of the furniture, but down below, where Gregor was, it was dark. He pushed himself over to the door, feeling his way clumsily with his antennae—of which he was now beginning to learn the value—in order to see what had been happening there. The whole of his left side seemed like one, painfully stretched scar, and he limped badly on his two rows of legs. One of the legs had been badly injured in the events of that morning—it was nearly a miracle that only one of them had been—and dragged along lifelessly.

It was only when he had reached the door that he realised what it actually was that had drawn him over to it; it was the smell of something to eat. By the door there was a dish filled with sweetened milk with little pieces of white bread floating

In it. He was so pleased he almost laughed, as he was even hungrier than he had been that morning, and immediately dipped his head into the milk, nearly covering his eyes with it. But he soon drew his head back again in disappointment; not only did the pain in his tender left side make it difficult to eat the food—he was only able to eat if his whole body worked together as a snuffling whole—but the milk did not taste at all nice. Milk like this was normally his favourite drink, and his sister had certainly left it there for him because of that, but he turned, almost against his own will, away from the dish and crawled back into the centre of the room.

Through the crack in the door, Gregor could see that the gas had been lit in the living room. His father at this time would normally be sat with his evening paper, reading it out in a loud voice to Gregor's mother, and sometimes to his sister, but there was now not a sound to be heard. Gregor's sister would often write and tell him about this reading, but maybe his father had lost the habit in recent times. It was so quiet all around too, even though there must have been somebody in the flat. "What a quiet life it is the family lead", said Gregor to himself, and, gazing into the darkness, felt a great pride that he was able to provide a life like that in such a nice home for his sister and parents. But what now, if all this peace and wealth and comfort should come to a horrible and frightening end? That was something that Gregor did not want to think about too much, so he started to move about, crawling up and down the room.

Once during that long evening, the door on one side of the room was opened very slightly and hurriedly closed again; later on the door on the other side did the same; it seemed that someone needed to enter the room but thought better of it. Gregor went and waited immediately by the door, resolved either to bring the timorous visitor into the room in some way or at least to find out who it was; but the door was opened no more that night and Gregor waited in vain. The previous morning while the doors were locked everyone had wanted to get in there to him, but now, now that he had opened up one of the doors and the other had clearly been unlocked some time during the day, no-one came, and the keys were in the other sides.

It was not until late at night that the gaslight in the living room was put out, and now it was easy to see that his parents and sister had stayed awake all that time, as they all could be distinctly heard as they went away together on tip-toe. It was clear that no-one would come into Gregor's room any more until morning; that gave him plenty of time to think undisturbed about how he would have to re-arrange his life. For some reason, the tall, empty room where he was forced to remain made him feel uneasy as he lay there flat on the floor, even though he had been living in it for five years. Hardly aware of what he was doing other than a slight feeling of shame, he hurried under the couch. It pressed down on his back a little, and he was no longer able to lift his head, but he nonetheless felt immediately at ease and his only regret was that his body was too broad to get it all underneath.

He spent the whole night there. Some of the time he passed in a light sleep, although he frequently woke from it in alarm because of his hunger, and some of the time was spent in worries and vague hopes which, however, always led to the same conclusion: for the time being he must remain calm, he must show patience and the greatest consideration so that his family could bear the unpleasantness that he, in his present condition, was forced to impose on them.

Gregor soon had the opportunity to test the strength of his decisions, as early the next morning, almost before the night had ended, his sister, nearly fully dressed, opened the door from the front room and looked anxiously in. She did not see him straight away, but when she did notice him under the couch—he had to be somewhere, for God's sake, he couldn't have flown away—she was so shocked that she lost control of herself and slammed the door shut again from outside. But she seemed to regret her behaviour, as she opened the door again straight away and came in on tip-toe as if entering the room of someone seriously ill or even of a stranger. Gregor had pushed his head forward, right to the edge of the couch, and watched her. Would she notice that he had left the milk as it was, realise that it was not from any lack of hunger and bring him in some other food that was more suitable? If she didn't do it herself he would rather go hungry than draw her attention to it, although he did feel a terrible urge to rush forward from under the couch, throw himself at his sister's feet and beg her for something good to eat. However, his sister noticed the full dish immediately and looked at it and the few drops of milk splashed around it with some surprise. She immediately picked it up—using a rag, not her bare hands—and carried it out. Gregor was extremely curious as to what she would bring in its place, imagining the wildest possibilities, but he never could have guessed what his sister, in her goodness, actually did bring. In order to test his taste, she brought him a whole selection of things, all spread out on an old newspaper. There were old, half-rotten vegetables; bones from the evening meal, covered in white sauce that had gone hard; a few raisins and almonds; some cheese that Gregor had declared inedible two days before; a dry roll and some bread spread with butter and salt. As well as all that she had poured some water into the dish, which had probably been permanently set aside for Gregor's use, and placed it beside them. Then, out of consideration for Gregor's feelings, as she knew that he would not eat in front of her, she hurried out again and even turned the key in the lock so that Gregor would know he could make things as comfortable for himself as he liked. Gregor's little legs whirred, at last he could eat. What's more, his injuries must already have completely healed as he found no difficulty in moving. This amazed him, as more than a month earlier he had cut his finger slightly with a knife, he thought of how his finger had still hurt the day before yesterday. "Am I less sensitive than I used to be, then?", he thought, and was already sucking greedily at the cheese which had immediately, almost compellingly, attracted him much more than the other foods on the newspaper. Quickly one after another, his eyes watering with pleasure, he consumed the cheese, the vegetables and the sauce; the fresh foods, on the other hand, he didn't like at all, and even dragged the things he did want to eat a little way away from them because he couldn't stand the smell. Long after he had finished eating and lay lethargic in the same place, his sister slowly turned the key in the lock as a sign to him that he should withdraw. He was immediately startled, although he had been half asleep, and he hurried back under the couch. But he needed great self-control to stay there even for the short time that his sister was in the room, as eating so much food had rounded out his body a little and he could hardly breathe in that narrow space. Half suffocating, he watched with bulging eyes as his sister unselfconsciously took a broom and swept up the left-overs, mixing them in with the food he had not even touched at all as if it could not be used any more. She quickly dropped it all into a bin, closed it with its wooden lid, and carried everything out. She had hardly turned her back before Gregor came out again from under the couch and stretched himself.

This was how Gregor received his food each day now, once in the morning while his parents and the maid were still asleep, and the second time after everyone had eaten their meal at midday as his parents would sleep for a little while then as well, and Gregor's sister would send the maid away on some errand. Gregor's father and mother certainly did not want him to starve either, but perhaps it would have been more than they could stand to have any more experience of his feeding than being told about it, and perhaps his sister wanted to spare them what distress she could as they were indeed suffering enough.

It was impossible for Gregor to find out what they had told the doctor and the locksmith that first morning to get them out of the flat. As nobody could understand him, nobody, not even his sister, thought that he could understand them, so he had to be content to hear his sister's sighs and appeals to the saints as she moved about his room. It was only later, when she had become a little more used to everything—there was, of course, no question of her ever becoming fully used to the situation—that Gregor would sometimes catch a friendly comment, or at least a comment that could be construed as friendly. "He's enjoyed his dinner today", she might say when he had diligently cleared away all the food left for him, or if he left most of it, which slowly became more and more frequent, she would often say, sadly, "now everything's just been left there again".

Although Gregor wasn't able to hear any news directly he did listen to much of what was said in the next rooms, and whenever he heard anyone speaking he would scurry straight to the appropriate door and press his whole body against it. There was seldom any conversation, especially at first, that was not about him in some way, even if only in secret. For two whole days, all the talk at every mealtime was about what they should do now; but even between meals they spoke about the same subject as there were always at least two members of the family at home—nobody wanted to be at home by themselves and it was out of the question to leave the flat entirely empty. And on the very first day the maid had fallen to her knees and begged Gregor's mother to let her go without delay. It was not very clear how much she knew of what had happened but she left within a quarter of an hour, tearfully thanking Gregor's mother for her dismissal as if she had done her an enormous service. She even swore emphatically not to tell anyone the slightest about what had happened, even though no-one had asked that of her.

Now Gregor's sister also had to help his mother with the cooking; although that was not so much bother as no-one ate very much. Gregor often heard how one of them would unsuccessfully urge another to eat, and receive no more answer than "no thanks, I've had enough" or something similar. No-one drank very much either. His sister would sometimes ask his father whether he would like a beer, hoping for the chance to go and fetch it herself. When his father then said nothing she would add, so that he would not feel selfish, that she could send the housekeeper for it, but then his father would close the matter with a big, loud "No", and no more would be said.

Even before the first day had come to an end, his father had explained to Gregor's mother and sister what their finances and prospects were. Now and then he stood up from the table and took some receipt or document from the little cash box he had saved from his business when it had collapsed five years earlier. Gregor heard how he opened the complicated lock and then closed it again after he had taken the item he wanted. What he heard his father say was some of the first good news that Gregor heard since he had first been incarcerated in his room. He had thought that nothing at all remained from his father's business, at least he had never told him anything different, and Gregor had never asked him about it anyway. Their business misfortune had reduced the family to a state of total despair, and Gregor's only concern at that time had been to arrange things so that they could all forget about it as quickly as possible. So then he started working especially hard, with a fiery vigour that raised him from a junior salesman to a travelling representative almost overnight, bringing with it the chance to earn money in quite different ways. Gregor converted his success at work straight into cash that he could lay on the table at home for the benefit of his astonished and delighted family. They had been good times and they had never come again, at least not with the same splendour, even though Gregor had later earned so much that he was in a position to bear the costs of the whole family, and did bear them. They had even got used to it, both Gregor and the family, they took the money with gratitude and he was glad to provide it, although there was no longer much warm affection given in return. Gregor only remained close to his sister now. Unlike him, she was very fond of music and a gifted and expressive violinist, it was his secret plan to send her to the conservatory next year even though it would cause great expense that would have to be made up for in some other way. During Gregor's short periods in town, conversation with his sister would often turn to the conservatory but it was only ever mentioned as a lovely dream that could never be realised. Their parents did not like to hear this innocent talk, but Gregor thought about it quite hard and decided he would let them know what he planned with a grand announcement of it on Christmas day.

That was the sort of totally pointless thing that went through his mind in his present state, pressed upright against the door and listening. There were times when he simply became too tired to continue listening, when his head would fall wearily against the door and he would pull it up again with a start, as even the slightest noise he caused would be heard next door and they would all go silent. "What's that he's doing now", his father would say after a while, clearly having gone over to the door, and only then would the interrupted conversation slowly be taken up again.

When explaining things, his father repeated himself several times, partly because it was a long time since he had been occupied with these matters himself and partly because Gregor's mother did not understand everything the first time. From these repeated explanations Gregor learned, to his pleasure, that despite all their misfortunes there was still some money available from the old days. It was not a lot, but it had not been touched in the meantime and some interest had accumulated. Besides that, they had not been using up all the money that Gregor had been bringing home every month, keeping only a little for himself, so that that, too, had been accumulating. Behind the door, Gregor nodded with enthusiasm in his pleasure at this unexpected thrift and caution. He could actually have used this surplus money to reduce his father's debt to his boss, and the day when he could have freed himself from that job would have come much closer, but now it was certainly better the way his father had done things.

This money, however, was certainly not enough to enable the family to live off the interest; it was enough to maintain them for, perhaps, one or two years, no more. That's to say, it was money that should not really be touched but set aside for emergencies; money to live on had to be earned. His father was healthy but old, and lacking in self confidence. During the five years that he had not been working—the first holiday in a life that had been full of strain and no success—he had put on a lot of weight and become very slow and clumsy. Would Gregor's elderly mother now have to go and earn money? She suffered from asthma and it was a strain for her just to move about the home, every other day would be spent struggling for breath on the sofa by the open window. Would his sister have to go and earn money? She was still a child of seventeen, her life up till then had been very enviable, consisting of wearing nice clothes, sleeping late, helping out in the business, joining in with a few modest pleasures and most of all playing the violin. Whenever they began to talk of the need to earn money, Gregor would always first let go of the door and then throw himself onto the cool, leather sofa next to it, as he became quite hot with shame and regret.

He would often lie there the whole night through, not sleeping a wink but scratching at the leather for hours on end. Or he might go to all the effort of pushing a chair to the window, climbing up onto the sill and, propped up in the chair, leaning on the window to stare out of it. He had used to feel a great sense of freedom from doing this, but doing it now was obviously something more remembered than experienced, as what he actually saw in this way was becoming less distinct every day, even things that were quite near; he had used to curse the ever-present view of the hospital across the street, but now he could not see it at all, and if he had not known that he lived in Charlottenstrasse, which was a quiet street despite being in the middle of the city, he could have thought that he was looking out the window at a barren waste where the grey sky and the grey earth mingled inseparably. His observant sister only needed to notice the chair twice before she would always push it back to its exact position by the window after she had tidied up the room, and even left the inner pane of the window open from then on.

If Gregor had only been able to speak to his sister and thank her for all that she had to do for him it would have been easier for him to bear it; but as it was it caused him pain. His sister, naturally, tried as far as possible to pretend there was nothing burdensome about it, and the longer it went on, of course, the better she was able to do so, but as time went by Gregor was also able to see through it all so much better. It had even become very unpleasant for him, now, whenever she entered the room. No sooner had she come in than she would quickly close the door as a precaution so that no-one would have to suffer the view into Gregor's room, then she would go straight to the window and pull it hurriedly open almost as if she were suffocating. Even if it was cold, she would stay at the window breathing deeply for a little while. She would alarm Gregor twice a day with this running about and noise making; he would stay under the couch shivering the whole while, knowing full well that she would certain-ly have liked to spare him this ordeal, but it was impossible for her to be in the same room with him with the windows closed.

One day, about a month after Gregor's transformation when his sister no longer had any particular reason to be shocked at his appearance, she came into the room a little earlier than usual and found him still staring out the window, motionless, and just where he would be most horrible. In itself, his sister's not coming into the room would have been no surprise for Gregor as it would have been difficult for her to immediately open the window while he was still there, but not only did she not come in, she went straight back and closed the door behind her, a stranger would have thought he had threatened her and tried to bite her. Gregor went straight to hide himself under the couch, of course, but he had to wait until midday before his sister came back and she seemed much more uneasy than usual. It made him realise that she still found his appearance unbearable and would continue to do so, she probably even had to overcome the urge to flee when she saw the little bit of him that protruded from under the couch. One day, in order to spare her even this sight, he spent four hours carrying the bedsheet over to the couch on his back and arranged it so that he was completely covered and his sister would not be able to see him even if she bent down. If she did not think this sheet was necessary then all she had to do was take it off again, as it was clear enough that it was no pleasure for Gregor to cut himself off so completely. She left the sheet where it was. Gregor even thought he glimpsed a look of gratitude one time when he carefully looked out from under the sheet to see how his sister liked the new arrangement.

For the first fourteen days, Gregor's parents could not bring themselves to come into the room to see him. He would often hear them say how they appreciated all the new work his sister was doing even though, before, they had seen her as a girl who was somewhat useless and frequently been annoyed with her. But now the two of them, father and mother, would often both wait outside the door of Gregor's room while his sister tidied up in there, and as soon as she went out again she would have to tell them exactly how everything looked, what Gregor had eaten, how he had behaved this time and whether, perhaps, any slight improvement could be seen. His mother also wanted to go in and visit Gregor relatively soon but his father and sister at first persuaded her against it. Gregor listened very closely to all this, and approved fully. Later, though, she had to be held back by force, which made her call out: "Let me go and see Gregor, he is my unfortunate son! Can't you understand I have to see him?", and Gregor would think to himself that maybe it would be better if his mother came in, not every day of course, but one day a week, perhaps; she could understand everything much better than his sister who, for all her courage, was still just a child after all, and really might not have had an adult's appreciation of the burdensome job she had taken on.

Gregor's wish to see his mother was soon realised. Out of

consideration for his parents, Gregor wanted to avoid being
seen at the window during the day, the few square meters
of the floor did not give him much room to crawl about, it
was hard to just lie quietly through the night, his food soon
stopped giving him any pleasure at all, and so, to entertain
himself, he got into the habit of crawling up and down the
walls and ceiling. He was especially fond of hanging from
the ceiling; it was quite different from lying on the floor; he
could breathe more freely; his body had a light swing to it;
and up there, relaxed and almost happy, it might happen that
he would surprise even himself by letting go of the ceiling
and landing on the floor with a crash. But now, of course, he
had far better control of his body than before and, even with
a fall as great as that, caused himself no damage. Very soon
his sister noticed Gregor's new way of entertaining himself—
he had, after all, left traces of the adhesive from his feet as he
crawled about—and got it into her head to make it as easy
as possible for him by removing the furniture that got in his
way, especially the chest of drawers and the desk. Now, this
was not something that she would be able to do by herself;
she did not dare to ask for help from her father; the sixteen
year old maid had carried on bravely since the cook had left
but she certainly would not have helped in this, she had even
asked to be allowed to keep the kitchen locked at all times
and never to have to open the door unless it was especially

important; so his sister had no choice but to choose some time when Gregor's father was not there and fetch his mother to help her. As she approached the room, Gregor could hear his mother express her joy, but once at the door she went silent. First, of course, his sister came in and looked round to see that everything in the room was alright; and only then did she let her mother enter. Gregor had hurriedly pulled the sheet down lower over the couch and put more folds into it so that everything really looked as if it had just been thrown down by chance. Gregor also refrained, this time, from spying out from under the sheet; he gave up the chance to see his mother until later and was simply glad that she had come. "You can come in, he can't be seen", said his sister, obviously leading her in by the hand. The old chest of drawers was too heavy for a pair of feeble women to be heaving about, but Gregor listened as they pushed it from its place, his sister always taking on the heaviest part of the work for herself and ignoring her mother's warnings that she would strain herself. This lasted a very long time. After labouring at it for fifteen minutes or more his mother said it would be better to leave the chest where it was, for one thing it was too heavy for them to get the job finished before Gregor's father got home and leaving it in the middle of the room it would be in his way even more, and for another thing it wasn't even sure that taking the furniture away would really be any help to him.

She thought just the opposite; the sight of the bare walls saddened her right to her heart; and why wouldn't Gregor feel the same way about it, he'd been used to this furniture in his room for a long time and it would make him feel abandoned to be in an empty room like that. Then, quietly, almost whispering as if wanting Gregor (whose whereabouts she did not know) to hear not even the tone of her voice, as she was convinced that he did not understand her words, she added "and by taking the furniture away, won't it seem like we're showing that we've given up all hope of improvement and we're abandoning him to cope for himself? I think it'd be best to leave the room exactly the way it was before so that when Gregor comes back to us again he'll find everything unchanged and he'll be able to forget the time in between all the easier".

Hearing these words from his mother made Gregor realise that the lack of any direct human communication, along with the monotonous life led by the family during these two months, must have made him confused—he could think of no other way of explaining to himself why he had seriously wanted his room emptied out. Had he really wanted to transform his room into a cave, a warm room fitted out with the nice furniture he had inherited? That would have let him crawl around unimpeded in any direction, but it would also have let him quickly forget his past when he had still been human. He had come very close to forgetting, and it had only been the voice of his mother, unheard for so long, that had shaken him out of it. Nothing should be removed; everything had to stay; he could not do without the good influence the furniture had on his condition; and if the furniture made it difficult for him to crawl about mindlessly that was not a loss but a great advantage.

His sister, unfortunately, did not agree; she had become used to the idea, not without reason, that she was Gregor's spokesman to his parents about the things that concerned him. This meant that his mother's advice now was sufficient reason for her to insist on removing not only the chest of drawers and the desk, as she had thought at first, but all the furniture apart from the all-important couch. It was more than childish perversity, of course, or the unexpected confidence she had recently acquired, that made her insist; she had indeed noticed that Gregor needed a lot of room to crawl about in, whereas the furniture, as far as anyone could see, was of no use to him at all. Girls of that age, though, do become enthusiastic about things and feel they must get their way whenever they can. Perhaps this was what tempted Grete to make Gregor's situation seem even more shocking than it was so that she could do even more for him. Grete would probably be the only one who would dare enter a room dominated by Gregor crawling about the bare walls by himself.

So she refused to let her mother dissuade her. Gregor's mother already looked uneasy in his room, she soon stopped speaking and helped Gregor's sister to get the chest of drawers out with what strength she had. The chest of drawers was something that Gregor could do without if he had to, but the writing desk had to stay. Hardly had the two women pushed the chest of drawers, groaning, out of the room than Gregor poked his head out from under the couch to see what he could do about it. He meant to be as careful and considerate as he could, but, unfortunately, it was his mother who came back first while Grete in the next room had her arms round the chest, pushing and pulling at it from side to side by herself without, of course, moving it an inch. His mother was not used to the sight of Gregor, he might have made her ill, so Gregor hurried backwards to the far end of the couch. In his startlement, though, he was not able to prevent the sheet at its front from moving a little. It was enough to attract his mother's attention. She stood very still, remained there a moment, and then went back out to Grete.

Gregor kept trying to assure himself that nothing unusual was happening, it was just a few pieces of furniture being moved after all, but he soon had to admit that the women going to and fro, their little calls to each other, the scraping of the furniture on the floor, all these things made him feel as if he were being assailed from all sides. With his head and legs pulled in against him and his body pressed to the floor, he was forced to admit to himself that he could not stand all of this much longer. They were emptying his room out; taking away everything that was dear to him; they had already taken out the chest containing his fretsaw and other tools; now they threatened to remove the writing desk with its place clearly worn into the floor, the desk where he had done his home-work as a business trainee, at high school, even while he had been at infant school—he really could not wait any longer to see whether the two women's intentions were good. He had nearly forgotten they were there anyway, as they were now too tired to say anything while they worked and he could only hear their feet as they stepped heavily on the floor.

So, while the women were leant against the desk in the other room catching their breath, he sallied out, changed di-rection four times not knowing what he should save first be-fore his attention was suddenly caught by the picture on the wall—which was already denuded of everything else that had been on it—of the lady dressed in copious fur. He hurried up onto the picture and pressed himself against its glass, it held him firmly and felt good on his hot belly. This picture at least, now totally covered by Gregor, would certainly be taken away by no-one. He turned his head to face the door into the living room so that he could watch the women when they came back.

They had not allowed themselves a long rest and came back quite soon; Grete had put her arm around her mother and was nearly carrying her. "What shall we take now, then?", said Grete and looked around. Her eyes met those of Gregor on the wall. Perhaps only because her mother was there, she remained calm, bent her face to her so that she would not look round and said, albeit hurriedly and with a tremor in her voice: "Come on, let's go back in the living room for a while?" Gregor could see what Grete had in mind, she wanted to take her mother somewhere safe and then chase him down from the wall. Well, she could certainly try it! He sat unyielding on his picture. He would rather jump at Grete's face.

But Grete's words had made her mother quite worried, she stepped to one side, saw the enormous brown patch against the flowers of the wallpaper, and before she even realised it was Gregor that she saw screamed: "Oh God, oh God!" Arms outstretched, she fell onto the couch as if she had given up everything and stayed there immobile. "Gregor!" shouted his sister, glowering at him and shaking her fist. That was the first word she had spoken to him directly since his transformation. She ran into the other room to fetch some kind of smelling salts to bring her mother out of her faint; Gregor wanted to help too—he could save his picture later, although he stuck fast to the glass and had to pull himself off by force; then he, too, ran into the next room as if he could advise his sister like in the old days; but he had to just stand behind her doing nothing; she was looking into various bottles, he startled her when she turned round; a bottle fell to the ground and broke; a splinter cut Gregor's face, some kind of caustic medicine splashed all over him; now, without delaying any longer, Grete took hold of all the bottles she could and ran with them in to her mother; she slammed the door shut with her foot. So now Gregor was shut out from his mother, who, because of him, might be near to death; he could not open the door if he did not want to chase his sister away, and she had to stay with his mother; there was nothing for him to do but wait; and, oppressed with anxiety and self-reproach, he began to crawl about, he crawled over everything, walls, furniture, ceiling, and finally in his confusion as the whole room began to spin around him he fell down into the middle of the dinner table.

He lay there for a while, numb and immobile, all around him it was quiet, maybe that was a good sign. Then there was someone at the door. The maid, of course, had locked herself in her kitchen so that Grete would have to go and answer it. His father had arrived home. "What's happened?" were his first words; Grete's appearance must have made everything clear to him. She answered him with subdued voice, and openly pressed her face into his chest: "Mother's fainted, but she's better now. Gregor got out." "Just as I expected", said his father, "just as I always said, but you women wouldn't listen, would you." It was clear to Gregor that Grete had not said enough and that his father took it to mean that something bad had happened, that he was responsible for some act of violence. That meant Gregor would now have to try to calm his father, as he did not have the time to explain things to him even if that had been possible. So he fled to the door of his room and pressed himself against it so that his father, when he came in from the hall, could see straight away that Gregor had the best intentions and would go back into his room without delay, that it would not be necessary to drive him back but that they had only to open the door and he would disappear.

His father, though, was not in the mood to notice subtleties like that; "Ah!", he shouted as he came in, sounding as if he were both angry and glad at the same time. Gregor drew his head back from the door and lifted it towards his father. He really had not imagined his father the way he stood there now; of late, with his new habit of crawling about, he had neglected to pay attention to what was going on the rest of the flat the way he had done before. He really ought to have expected things to have changed, but still, still, was that really his father? The same tired man as used to be laying there entombed in his bed when Gregor came back from his business trips, who would receive him sitting in the armchair in his nightgown when he came back in the evenings; who was hardly even able to stand up but, as a sign of his pleasure, would just raise his arms and who, on the couple of times a year when they went for a walk together on a Sunday or public holiday wrapped up tightly in his overcoat between Gregor and his mother, would always labour his way forward a little more slowly than them, who were already walking slowly for his sake; who would place his stick down carefully and, if he wanted to say something would invariably stop and gather his companions around him. He was standing up straight enough now; dressed in a smart blue uniform with gold buttons, the sort worn by the employees at the banking institute; above the high, stiff collar of the coat his strong double-chin emerged; under the bushy eyebrows, his piercing, dark eyes looked out fresh and alert; his normally unkempt white hair was combed down painfully close to his scalp. He took his cap, with its gold monogram from, probably, some bank, and threw it in an arc right across the room onto the sofa, put his hands in his trouser pockets, pushing back the bottom of his long uniform coat, and, with look of determination, walked towards Gregor. He probably did not even know himself what he had in mind, but nonetheless lifted his feet unusually high. Gregor was amazed at the enormous size of the soles of his boots, but wasted no time with that—he knew full well, right from the first day of his new life, that his father thought it necessary to always be extremely strict with him. And so he ran up to his father, stopped when his father stopped, scurried forwards again when he moved, even slightly. In this way they went round the room several times without anything decisive happening, without even giving the impression of a chase as everything went so slowly. Gregor remained all this time on the floor, largely because he feared his father might see it as especially provoking if he fled onto the wall or ceiling. Whatever he did, Gregor had to admit that he certainly would not be able to keep up this running about for long, as for each step his father took he had to carry out countless movements. He became noticeably short of breath, even in his earlier life his lungs had not been very reliable. Now, as he lurched about in his efforts to muster all the strength he could for running he could hardly keep his eyes open; his thoughts became too slow for him to think of any other way of saving himself than running; he almost forgot that the walls were there for him to use although, here, they were concealed behind carefully carved furniture full of notches and protrusions—then, right beside him, lightly tossed, something flew down and rolled in front of him. It was an apple; then another one immediately flew at him; Gregor froze in shock; there was no longer any point in running as his father had decided to bombard him. He had filled his pockets with fruit from the bowl on the sideboard and now, without even taking the time for careful aim, threw one apple after another. These little, red apples rolled about on the floor, knocking into each other as if they had electric motors. An apple thrown without much force glanced against Gregor's back and slid off without doing any harm. Another one however, immediately following it, hit squarely and lodged in his back; Gregor wanted to drag himself away, as if he could remove the surprising, the incredible pain by changing his position; but he felt as if nailed to the spot and spread himself out, all his senses in confusion. The last thing he saw was the door of his room being pulled open, his sister was screaming, his mother ran out in front of her in her blouse (as his sister had taken off some of her clothes after she had fainted to make it easier for her to breathe), she ran to his father, her skirts unfastened and sliding one after another to the ground, stumbling over the skirts she pushed herself to his father, her arms around him, uniting herself with him totally—now Gregor lost his ability to see anything—her hands behind his father's head begging him to spare Gregor's life.

- Chapter 3 -

No-one dared to remove the apple lodged in Gregor's flesh, so it remained there as a visible reminder of his injury. He had suffered it there for more than a month, and his condition seemed serious enough to remind even his father that Gregor, despite his current sad and revolting form, was a family member who could not be treated as an enemy. On the contrary, as a family there was a duty to swallow any revulsion for him and to be patient, just to be patient.

Because of his injuries, Gregor had lost much of his mobility—probably permanently. He had been reduced to the condition of an ancient invalid and it took him long, long minutes to crawl across his room—crawling over the ceiling was out of the question—but this deterioration in his condition was fully (in his opinion) made up for by the door to the living room being left open every evening. He got into the habit of closely watching it for one or two hours before it was opened and then, lying in the darkness of his room where he could not be seen from the living room, he could watch the family in the light of the dinner table and listen to their conversation—with everyone's permission, in a way, and thus quite differently from before.

They no longer held the lively conversations of earlier times, of course, the ones that Gregor always thought about with longing when he was tired and getting into the damp bed in some small hotel room. All of them were usually very quiet nowadays. Soon after dinner, his father would go to sleep in his chair; his mother and sister would urge each other to be quiet; his mother, bent deeply under the lamp, would sew fancy underwear for a fashion shop; his sister, who had taken a sales job, learned shorthand and French in the evenings so that she might be able to get a better position later on. Sometimes his father would wake up and say to Gregor's mother "you're doing so much sewing again today!", as if he did not know that he had been dozing—and then he would go back to sleep again while mother and sister would exchange a tired grin.

With a kind of stubbornness, Gregor's father refused to take his uniform off even at home; while his nightgown hung unused on its peg Gregor's father would slumber where he was, fully dressed, as if always ready to serve and expecting to hear the voice of his superior even here. The uniform had not been new to start with, but as a result of this it slowly became even shabbier despite the efforts of Gregor's mother and sister to look after it. Gregor would often spend the whole evening looking at all the stains on this coat, with its gold buttons always kept polished and shiny, while the old man in it would sleep, highly uncomfortable but peaceful.

As soon as it struck ten, Gregor's mother would speak gently to his father to wake him and try to persuade him to go to bed, as he couldn't sleep properly where he was and he really had to get his sleep if he was to be up at six to get to work. But since he had been in work he had become more obstinate and would always insist on staying longer at the table, even though he regularly fell asleep and it was then harder than ever to persuade him to exchange the chair for his bed. Then, however much mother and sister would importune him with little reproaches and warnings he would keep slowly shaking his head for a quarter of an hour with his eyes closed and refusing to get up. Gregor's mother would tug at his sleeve, whisper endearments into his ear, Gregor's sister would leave her work to help her mother, but nothing would have any effect on him. He would just sink deeper into his chair. Only when the two women took him under the arms he would abruptly open his eyes, look at them one after the other and say: "What a life! This is what peace I get in my old age!" And supported by the two women he would lift himself up carefully as if he were carrying the greatest load himself, let the women take him to the door, send them off and carry on by himself while Gregor's mother would throw down her needle and his sister her pen so that they could run after his father and continue being of help to him.

Who, in this tired and overworked family, would have had time to give more attention to Gregor than was absolutely necessary? The household budget became even smaller; so now the maid was dismissed; an enormous, thick-boned charwoman with white hair that flapped around her head came every morning and evening to do the heaviest work; everything else was looked after by Gregor's mother on top of the large amount of sewing work she did. Gregor even learned, listening to the evening conversation about what price they had hoped for, that several items of jewellery belonging to the family had been sold, even though both mother and sister had been very fond of wearing them at functions and celebrations. But the loudest complaint was that although the flat was much too big for their present circumstances, they could not move out of it, there was no imaginable way of transferring Gregor to the new address. He could see quite well, though, that there were more reasons than consideration for him that made it difficult for them to move, it would have been quite easy to transport him in any suitable crate with a few air holes in it; the main thing holding the family back from their decision to move was much more to do with their total despair, and the thought that they had been struck with a misfortune unlike anything experienced by anyone else they knew or were related to. They carried out absolutely everything that the world expects from poor people, Gregor's father brought bank employees their breakfast, his mother sacrificed herself by washing clothes for strangers, his sister ran back and forth behind her desk at the behest of the customers, but they just did not have the strength to do any more. And the injury in Gregor's back began to hurt as much as when it was new. After they had come back from taking his father to bed Gregor's mother and sister would now leave their work where it was and sit close together, cheek to cheek; his mother would point to Gregor's room and say "Close that door, Grete", and then, when he was in the dark again, they would sit in the next room and their tears would mingle, or they would simply sit there staring dry-eyed at the table.

Gregor hardly slept at all, either night or day. Sometimes he would think of taking over the family's affairs, just like before, the next time the door was opened; he had long forgotten about his boss and the chief clerk, but they would appear again in his thoughts, the salesmen and the apprentices, that stupid teaboy, two or three friends from other businesses, one of the chambermaids from a provincial hotel, a tender memory that appeared and disappeared again, a cashier from a hat

shop for whom his attention had been serious but too slow,—
all of them appeared to him, mixed together with strangers
and others he had forgotten, but instead of helping him and
his family they were all of them inaccessible, and he was
glad when they disappeared. Other times he was not at all in
the mood to look after his family, he was filled with simple
rage about the lack of attention he was shown, and although
he could think of nothing he would have wanted, he made
plans of how he could get into the pantry where he could
take all the things he was entitled to, even if he was not hungry. Gregor's sister no longer thought about how she could
please him but would hurriedly push some food or other into
his room with her foot before she rushed out to work in the
morning and at midday, and in the evening she would sweep
it away again with the broom, indifferent as to whether it had
been eaten or—more often than not—had been left totally
untouched. She still cleared up the room in the evening, but
now she could not have been any quicker about it. Smears of
dirt were left on the walls, here and there were little balls of
dust and filth. At first, Gregor went into one of the worst of
these places when his sister arrived as a reproach to her, but
he could have stayed there for weeks without his sister doing
anything about it; she could see the dirt as well as he could
but she had simply decided to leave him to it. At the same
time she became touchy in a way that was quite new for her

and which everyone in the family understood—cleaning up Gregor's room was for her and her alone. Gregor's mother did once thoroughly clean his room, and needed to use several bucketfuls of water to do it—although that much dampness also made Gregor ill and he lay flat on the couch, bitter and immobile. But his mother was to be punished still more for what she had done, as hardly had his sister arrived home in the evening than she noticed the change in Gregor's room and, highly aggrieved, ran back into the living room where, despite her mothers raised and imploring hands, she broke into convulsive tears. Her father, of course, was startled out of his chair and the two parents looked on astonished and helpless; then they, too, became agitated; Gregor's father, standing to the right of his mother, accused her of not leaving the cleaning of Gregor's room to his sister; from her left, Gregor's sister screamed at her that she was never to clean Gregor's room again; while his mother tried to draw his father, who was beside himself with anger, into the bedroom; his sister, quaking with tears, thumped on the table with her small fists; and Gregor hissed in anger that no-one had even thought of closing the door to save him the sight of this and all its noise.

Gregor's sister was exhausted from going out to work, and looking after Gregor as she had done before was even more work for her, but even so his mother ought certainly not to have taken her place. Gregor, on the other hand, ought not to be neglected. Now, though, the charwoman was here. This elderly widow, with a robust bone structure that made her able to withstand the hardest of things in her long life, wasn't really repelled by Gregor. Just by chance one day, rather than any real curiosity, she opened the door to Gregor's room and found herself face to face with him. He was taken totally by surprise, no-one was chasing him but he began to rush to and fro while she just stood there in amazement with her hands crossed in front of her. From then on she never failed to open the door slightly every evening and morning and look briefly in on him. At first she would call to him as she did so with words that she probably considered friendly, such as "come on then, you old dung-beetle!", or "look at the old dung-beetle there!" Gregor never responded to being spoken to in that way, but just remained where he was without moving as if the door had never even been opened. If only they had told this charwoman to clean up his room every day instead of letting her disturb him for no reason whenever she felt like it! One day, early in the morning while a heavy rain struck the windowpanes, perhaps indicating that spring was coming, she began to speak to him in that way once again. Gregor was so resentful of it that he started to move toward her, he was slow and infirm, but it was like a kind of attack. Instead of being afraid, the charwoman just lifted up one of the chairs from near the door and stood there with her mouth open, clearly intending not to close her mouth until the chair in her hand had been slammed down into Gregor's back. "Aren't you coming any closer, then?", she asked when Gregor turned round again, and she calmly put the chair back in the corner.

Gregor had almost entirely stopped eating. Only if he happened to find himself next to the food that had been prepared for him he might take some of it into his mouth to play with it, leave it there a few hours and then, more often than not, spit it out again. At first he thought it was distress at the state of his room that stopped him eating, but he had soon got used to the changes made there. They had got into the habit of putting things into this room that they had no room for anywhere else, and there were now many such things as one of the rooms in the flat had been rented out to three gentlemen. These earnest gentlemen—all three of them had full beards, as Gregor learned peering through the crack in the door one day—were painfully insistent on things' being tidy. This meant not only in their own room but, since they had taken a room in this establishment, in the entire flat and especially in the kitchen. Unnecessary clutter was something they could not tolerate, especially if it was dirty. They had moreover brought most of their own furnishings and equipment with them. For this reason, many things had become superfluous which, although they could not be sold, the family did not wish to discard. All these things found their way into Gregor's room. The dustbins from the kitchen found their way in there too. The charwoman was always in a hurry, and anything she couldn't use for the time being she would just chuck in there. He, fortunately, would usually see no more than the object and the hand that held it. The woman most likely meant to fetch the things back out again when she had time and the opportunity, or to throw everything out in one go, but what actually happened was that they were left where they landed when they had first been thrown unless Gregor made his way through the junk and moved it somewhere else. At first he moved it because, with no other room free where he could crawl about, he was forced to, but later on he came to enjoy it although moving about in that way left him sad and tired to death, and he would remain immobile for hours afterwards.

The gentlemen who rented the room would sometimes take their evening meal at home in the living room that was used by everyone, and so the door to this room was often kept closed in the evening. But Gregor found it easy to give up having the door open, he had, after all, often failed to make use of it when it was open and, without the family having noticed it, lain in his room in its darkest corner. One time, though, the charwoman left the door to the living room slightly open, and it remained open when the gentlemen who rented the room came in in the evening and the light was put on. They sat up at the table where, formerly, Gregor had taken his meals with his father and mother, they unfolded the serviettes and picked up their knives and forks. Gregor's mother immediately appeared in the doorway with a dish of meat and soon behind her came his sister with a dish piled high with potatoes. The food was steaming, and filled the room with its smell. The gentlemen bent over the dishes set in front of them as if they wanted to test the food before eating it, and the gentleman in the middle, who seemed to count as an authority for the other two, did indeed cut off a piece of meat while it was still in its dish, clearly wishing to establish whether it was sufficiently cooked or whether it should be sent back to the kitchen. It was to his satisfaction, and Gregor's mother and sister, who had been looking on anxiously, began to breathe again and smiled.

The family themselves ate in the kitchen. Nonetheless, Gregor's father came into the living room before he went into the kitchen, bowed once with his cap in his hand and did his round of the table. The gentlemen stood as one, and mumbled something into their beards. Then, once they were alone, they ate in near perfect silence. It seemed remarkable to Gregor that above all the various noises of eating their chewing teeth could still be heard, as if they had wanted to show Gregor that you need teeth in order to eat and it was not possible to perform anything with jaws that are toothless however nice they might be. "I'd like to eat something", said Gregor anxiously, "but not anything like they're eating. They do feed themselves. And here I am, dying!"

Throughout all this time, Gregor could not remember having heard the violin being played, but this evening it began to be heard from the kitchen. The three gentlemen had already finished their meal, the one in the middle had produced a newspaper, given a page to each of the others, and now they leant back in their chairs reading them and smoking. When the violin began playing they became attentive, stood up and went on tip-toe over to the door of the hallway where they stood pressed against each other. Someone must have heard them in the kitchen, as Gregor's father called out: "Is the playing perhaps unpleasant for the gentlemen? We can stop it straight away." "On the contrary", said the middle gentleman, "would the young lady not like to come in and play for us here in the room, where it is, after all, much more cosy and comfortable?" "Oh yes, we'd love to", called back Gregor's father as if he had been the violin player himself. The gentlemen stepped back into the room and waited. Gregor's father soon appeared with the music stand, his mother with the music and his sister with the violin. She calmly prepared everything for her to begin playing; his parents, who had never rented a room out before and therefore showed an exaggerated courtesy towards the three gentlemen, did not even dare to sit on their own chairs; his father leant against the door with his right hand pushed in between two buttons on his uniform coat; his mother, though, was offered a seat by one of the gentlemen and sat—leaving the chair where the gentleman happened to have placed it—out of the way in a corner.

His sister began to play; father and mother paid close attention, one on each side, to the movements of her hands. Drawn in by the playing, Gregor had dared to come forward a little and already had his head in the living room. Before, he had taken great pride in how considerate he was but now it hardly occurred to him that he had become so thoughtless about the others. What's more, there was now all the more reason to keep himself hidden as he was covered in the dust that lay everywhere in his room and flew up at the slightest movement; he carried threads, hairs, and remains of food about on his back and sides; he was much too indifferent to everything now to lay on his back and wipe himself on the carpet like he had used to do several times a day. And despite this condition, he was not too shy to move forward a little onto the immaculate floor of the living room.

No-one noticed him, though. The family was totally pre-occupied with the violin playing; at first, the three gentlemen had put their hands in their pockets and come up far too close behind the music stand to look at all the notes being played, and they must have disturbed Gregor's sister, but soon, in contrast with the family, they withdrew back to the window with their heads sunk and talking to each other at half volume, and they stayed by the window while Gregor's father observed them anxiously. It really now seemed very obvious that they had expected to hear some beautiful or entertaining violin playing but had been disappointed, that they had had enough of the whole performance and it was only now out of politeness that they allowed their peace to be disturbed. It was especially unnerving, the way they all blew the smoke from their cigarettes upwards from their mouth and noses. Yet Gregor's sister was playing so beautifully. Her face was leant to one side, following the lines of music with a careful and melancholy expression. Gregor crawled a little further forward, keeping his head close to the ground so that he could meet her eyes if the chance came. Was he an animal if music could captivate him so? It seemed to him that he was being shown the way to the unknown nourishment he had been yearning for. He was determined to make his way forward to his sister and tug at her skirt to show her she might come into his room with her violin, as no-one appreciated her playing here as much as he would. He never wanted to let her out of his room, not while he lived, anyway; his shocking appearance should, for once, be of some use to him; he wanted to be at every door of his room at once to hiss and spit at the attackers; his sister should not be forced to stay with him, though, but stay of her own free will; she would sit beside him on the couch with her ear bent down to him while he told her how he had always intended to send her to the conservatory, how he would have told everyone about it last Christmas—had Christmas really come and gone already?— if this misfortune hadn't got in the way, and refuse to let anyone dissuade him from it. On hearing all this, his sister would break out in tears of emotion, and Gregor would climb up to her shoulder and kiss her neck, which, since she had been going out to work, she had kept free without any necklace or collar.

"Mr. Samsa!", shouted the middle gentleman to Gregor's father, pointing, without wasting any more words, with his forefinger at Gregor as he slowly moved forward. The violin went silent, the middle of the three gentlemen first smiled at his two friends, shaking his head, and then looked back at Gregor. His father seemed to think it more important to calm the three gentlemen before driving Gregor out, even though they were not at all upset and seemed to think Gregor was more entertaining than the violin playing had been. He rushed up to them with his arms spread out and attempted to drive them back into their room at the same time as trying to block their view of Gregor with his body. Now they did become a little annoyed, and it was not clear whether it was his father's behaviour that annoyed them or the dawning realisation that they had had a neighbour like Gregor in the next room without knowing it. They asked Gregor's father for explanations, raised their arms like he had, tugged excitedly at their beards and moved back towards their room only very slowly. Meanwhile Gregor's sister had overcome the despair she had fallen into when her playing was suddenly interrupted. She had let her hands drop and let violin and bow hang limply for a while but continued to look at the music as if still playing, but then she suddenly pulled herself together, lay the instrument on her mother's lap who still sat laboriously struggling for breath where she was, and ran into the next room which, under pressure from her father, the three gentlemen were more quickly moving toward. Under his sister's experienced hand, the pillows and covers on the beds flew up and were put into order and she had already finished making the beds and slipped out again before the three gentlemen had reached the room. Gregor's father seemed so obsessed with what he was doing that he forgot all the respect he owed to his tenants. He urged them and pressed them until, when he was already at the door of the room, the middle of the three gentlemen shouted like thunder and stamped his foot and thereby brought Gregor's father to a halt. "I declare here and now", he said, raising his hand and glancing at Gregor's mother and sister to gain their attention too, "that with regard to the repugnant conditions that prevail in this flat and with this family"—here he looked briefly but decisively at the floor—"I give immediate notice on my room. For the days that I have been living here I will, of course, pay nothing at all, on the contrary I will consider whether to proceed with some kind of action for damages from you, and believe me it would be very easy to set out the grounds for such an action." He was silent and looked straight ahead as if waiting for something. And indeed, his two friends joined in with the words: "And we also give immediate notice." With that, he took hold of the door handle and slammed the door.

Gregor's father staggered back to his seat, feeling his way with his hands, and fell into it; it looked as if he was stretching himself out for his usual evening nap but from the uncontrolled way his head kept nodding it could be seen that he was not sleeping at all. Throughout all this, Gregor had lain still where the three gentlemen had first seen him. His disappointment at the failure of his plan, and perhaps also because he was weak from hunger, made it impossible for him to move. He was sure that everyone would turn on him any moment, and he waited. He was not even startled out of this state when the violin on his mother's lap fell from her trembling fingers and landed loudly on the floor.

"Father, Mother", said his sister, hitting the table with her hand as introduction, "we can't carry on like this. Maybe you can't see it, but I can. I don't want to call this monster my brother, all I can say is: we have to try and get rid of it. We've done all that's humanly possible to look after it and be patient, I don't think anyone could accuse us of doing anything wrong."

"She's absolutely right", said Gregor's father to himself. His mother, who still had not had time to catch her breath, began to cough dully, her hand held out in front of her and a deranged expression in her eyes.

Gregor's sister rushed to his mother and put her hand on her forehead. Her words seemed to give Gregor's father some more definite ideas. He sat upright, played with his uniform cap between the plates left by the three gentlemen after their meal, and occasionally looked down at Gregor as he lay there immobile.

"We have to try and get rid of it", said Gregor's sister, now speaking only to her father, as her mother was too occupied with coughing to listen, "it'll be the death of both of you, I can see it coming. We can't all work as hard as we have to and then come home to be tortured like this, we can't endure it. I can't endure it any more." And she broke out so heavily in tears that they flowed down the face of her mother, and she wiped them away with mechanical hand movements.

"My child", said her father with sympathy and obvious understanding, "what are we to do?"

His sister just shrugged her shoulders as a sign of the helplessness and tears that had taken hold of her, displacing her earlier certainty.

"If he could just understand us", said his father almost as a question; his sister shook her hand vigorously through her tears as a sign that of that there was no question.

"If he could just understand us", repeated Gregor's father, closing his eyes in acceptance of his sister's certainty that that was quite impossible, "then perhaps we could come to some kind of arrangement with him. But as it is ..."

"It's got to go", shouted his sister, "that's the only way, Father. You've got to get rid of the idea that that's Gregor. We've only harmed ourselves by believing it for so long.

How can that be Gregor? If it were Gregor he would have seen long ago that it's not possible for human beings to live with an animal like that and he would have gone of his own free will. We wouldn't have a brother any more, then, but we could carry on with our lives and remember him with respect. As it is this animal is persecuting us, it's driven out our tenants, it obviously wants to take over the whole flat and force us to sleep on the streets. Father, look, just look", she suddenly screamed, "he's starting again!" In her alarm, which was totally beyond Gregor's comprehension, his sister even abandoned his mother as she pushed herself vigorously out of her chair as if more willing to sacrifice her own mother than stay anywhere near Gregor. She rushed over to behind her father, who had become excited merely because she was and stood up half raising his hands in front of Gregor's sister as if to protect her.

But Gregor had had no intention of frightening anyone, least of all his sister. All he had done was begin to turn round so that he could go back into his room, although that was in itself quite startling as his pain-wracked condition meant that turning round required a great deal of effort and he was using his head to help himself do it, repeatedly raising it and striking it against the floor. He stopped and looked round. They seemed to have realised his good intention and had only been alarmed briefly. Now they all looked at him in unhappy silence. His mother lay in her chair with her legs stretched out and pressed against each other, her eyes nearly closed with exhaustion; his sister sat next to his father with her arms around his neck.

"Maybe now they'll let me turn round", thought Gregor and went back to work. He could not help panting loudly with the effort and had sometimes to stop and take a rest. No-one was making him rush any more, everything was left up to him. As soon as he had finally finished turning round he began to move straight ahead. He was amazed at the great distance that separated him from his room, and could not understand how he had covered that distance in his weak state a little while before and almost without noticing it. He concentrated on crawling as fast as he could and hardly noticed that there was not a word, not any cry, from his family to distract him. He did not turn his head until he had reached the doorway. He did not turn it all the way round as he felt his neck becoming stiff, but it was nonetheless enough to see that nothing behind him had changed, only his sister had stood up. With his last glance he saw that his mother had now fallen completely asleep.

He was hardly inside his room before the door was hurriedly shut, bolted and locked. The sudden noise behind Gregor so startled him that his little legs collapsed under him. It was his sister who had been in so much of a rush. She had been standing there waiting and sprung forward lightly, Gregor had not heard her coming at all, and as she turned the key in the lock she said loudly to her parents "At last!".

"What now, then?", Gregor asked himself as he looked round in the darkness. He soon made the discovery that he could no longer move at all. This was no surprise to him, it seemed rather that being able to actually move around on those spindly little legs until then was unnatural. He also felt relatively comfortable. It is true that his entire body was aching, but the pain seemed to be slowly getting weaker and weaker and would finally disappear altogether. He could already hardly feel the decayed apple in his back or the inflamed area around it, which was entirely covered in white dust. He thought back of his family with emotion and love. If it was possible, he felt that he must go away even more strongly than his sister. He remained in this state of empty and peaceful rumination until he heard the clock tower strike three in the morning. He watched as it slowly began to get light everywhere outside the window too. Then, without his willing it, his head sank down completely, and his last breath flowed weakly from his nostrils.

When the cleaner came in early in the morning—they'd

often asked her not to keep slamming the doors but with her strength and in her hurry she still did, so that everyone in the flat knew when she'd arrived and from then on it was impossible to sleep in peace—she made her usual brief look in on Gregor and at first found nothing special. She thought he was laying there so still on purpose, playing the martyr; she attributed all possible understanding to him. She happened to be holding the long broom in her hand, so she tried to tickle Gregor with it from the doorway. When she had no success with that she tried to make a nuisance of herself and poked at him a little, and only when she found she could shove him across the floor with no resistance at all did she start to pay attention. She soon realised what had really happened, opened her eyes wide, whistled to herself, but did not waste time to yank open the bedroom doors and shout loudly into the darkness of the bedrooms: "Come and 'ave a look at this, it's dead, just lying there, stone dead!"

Mr. and Mrs. Samsa sat upright there in their marriage bed and had to make an effort to get over the shock caused by the cleaner before they could grasp what she was saying. But then, each from his own side, they hurried out of bed. Mr. Samsa threw the blanket over his shoulders, Mrs. Samsa just came out in her nightdress; and that is how they went into Gregor's room. On the way they opened the door to the living room where Grete had been sleeping since the three gentlemen had moved in; she was fully dressed as if she had never been asleep, and the paleness of her face seemed to confirm this. "Dead?", asked Mrs. Samsa, looking at the charwoman enquiringly, even though she could have checked for herself and could have known it even without checking. "That's what I said", replied the cleaner, and to prove it she gave Gregor's body another shove with the broom, sending it sideways across the floor. Mrs. Samsa made a movement as if she wanted to hold back the broom, but did not complete it. "Now then", said Mr. Samsa, "let's give thanks to God for that". He crossed himself, and the three women followed his example. Grete, who had not taken her eyes from the corpse, said: "Just look how thin he was. He didn't eat anything for so long. The food came out again just the same as when it went in". Gregor's body was indeed completely dried up and flat, they had not seen it until then, but now he was not lifted up on his little legs, nor did he do anything to make them look away.

"Grete, come with us in here for a little while", said Mrs. Samsa with a pained smile, and Grete followed her parents into the bedroom but not without looking back at the body. The cleaner shut the door and opened the window wide. Although it was still early in the morning the fresh air had something of warmth mixed in with it. It was already the end of March, after all.

The three gentlemen stepped out of their room and looked round in amazement for their breakfasts; they had been forgotten about. "Where is our breakfast?", the middle gentleman asked the cleaner irritably. She just put her finger on her lips and made a quick and silent sign to the men that they might like to come into Gregor's room. They did so, and stood around Gregor's corpse with their hands in the pockets of their well-worn coats. It was now quite light in the room.

Then the door of the bedroom opened and Mr. Samsa appeared in his uniform with his wife on one arm and his daughter on the other. All of them had been crying a little; Grete now and then pressed her face against her father's arm.

"Leave my home. Now!", said Mr. Samsa, indicating the door and without letting the women from him. "What do you mean?", asked the middle of the three gentlemen somewhat disconcerted, and he smiled sweetly. The other two held their hands behind their backs and continually rubbed them together in gleeful anticipation of a loud quarrel which could only end in their favour. "I mean just what I said", answered Mr. Samsa, and, with his two companions, went in a straight line towards the man. At first, he stood there still, looking at the ground as if the contents of his head were rearranging themselves into new positions. "Alright, we'll go then", he said, and looked up at Mr. Samsa as if he had been suddenly overcome with humility and wanted permission again from Mr. Samsa for his decision. Mr. Samsa merely opened his eyes wide and briefly nodded to him several times. At that, and without delay, the man actually did take long strides into the front hallway; his two friends had stopped rubbing their hands some time before and had been listening to what was being said. Now they jumped off after their friend as if taken with a sudden fear that Mr. Samsa might go into the hallway in front of them and break the connection with their leader. Once there, all three took their hats from the stand, took their sticks from the holder, bowed without a word and left the premises. Mr. Samsa and the two women followed them out onto the landing; but they had had no reason to mistrust the men's intentions and as they leaned over the landing they saw how the three gentlemen made slow but steady progress down the many steps. As they turned the corner on each floor they disappeared and would reappear a few moments later; the further down they went, the more that the Samsa family lost interest in them; when a butcher's boy, proud of posture with his tray on his head, passed them on his way up and came nearer than they were, Mr. Samsa and the women came away from the landing and went, as if relieved, back into the flat.

They decided the best way to make use of that day was for relaxation and to go for a walk; not only had they earned a break from work but they were in serious need of it. So they sat at the table and wrote three letters of excusal, Mr. Samsa to his employers, Mrs. Samsa to her contractor and Grete to her principal. The cleaner came in while they were writing to tell them she was going, she'd finished her work for that morning. The three of them at first just nodded without looking up from what they were writing, and it was only when the cleaner still did not seem to want to leave that they looked up in irritation. "Well?", asked Mr. Samsa. The charwoman stood in the doorway with a smile on her face as if she had some tremendous good news to report, but would only do it if she was clearly asked to. The almost vertical little ostrich feather on her hat, which had been a source of irritation to Mr. Samsa all the time she had been working for them, swayed gently in all directions. "What is it you want then?", asked Mrs. Samsa, whom the cleaner had the most respect for. "Yes", she answered, and broke into a friendly laugh that made her unable to speak straight away, "well then, that thing in there, you needn't worry about how you're going to get rid of it. That's all been sorted out." Mrs. Samsa and Grete bent down over their letters as if intent on continuing with what they were writing; Mr. Samsa saw that the cleaner wanted to start describing everything in detail but, with outstretched hand, he made it quite clear that she was not to. So, as she was prevented from telling them all about it, she suddenly remembered what a hurry she was in and, clearly peeved, called out "Cheerio then, everyone", turned round sharply and left, slamming the door terribly as she went.

"Tonight she gets sacked", said Mr. Samsa, but he received no reply from either his wife or his daughter as the charwoman seemed to have destroyed the peace they had only just gained. They got up and went over to the window where they remained with their arms around each other. Mr. Samsa twisted round in his chair to look at them and sat there watching for a while. Then he called out: "Come here, then. Let's forget about all that old stuff, shall we. Come and give me a bit of attention". The two women immediately did as he said, hurrying over to him where they kissed him and hugged him and then they quickly finished their letters.

After that, the three of them left the flat together, which was something they had not done for months, and took the tram out to the open country outside the town. They had the tram, filled with warm sunshine, all to themselves. Leant back comfortably on their seats, they discussed their prospects and found that on closer examination they were not at all bad—until then they had never asked each other about their work but all three had jobs which were very good and held particularly good promise for the future. The greatest improvement for the time being, of course, would be achieved quite easily by moving house; what they needed now was a flat that was smaller and cheaper than the current one which had been chosen by Gregor, one that was in a better location and, most of all, more practical. All the time, Grete was becoming livelier. With all the worry they had been having of late her cheeks had become pale, but, while they were talking, Mr. and Mrs. Samsa were struck, almost simultaneously, with the thought of how their daughter was blossoming into a well built and beautiful young lady. They became quieter. Just from each other's glance and almost without knowing it they agreed that it would soon be time to find a good man for her. And, as if in confirmation of their new dreams and good intentions, as soon as they reached their destination Grete was the first to get up and stretch out her young body.

Deutsche Version

Die Verwandlung

– Kapitel 1 –

ALS Gregor Samsa eines Morgens aus unruhigen Träumen erwachte, fand er sich in seinem Bett zu einem ungeheueren Ungeziefer verwandelt. Er lag auf seinem panzerartig harten Rücken und sah, wenn er den Kopf ein wenig hob, seinen gewölbten, braunen, von bogenförmigen Versteifungen geteilten Bauch, auf dessen Höhe sich die Bettdecke, zum gänzlichen Niedergleiten bereit, kaum noch erhalten konnte. Seine vielen, im Vergleich zu seinem sonstigen Umfang kläglich dünnen Beine flimmerten ihm hilflos vor den Augen.

»Was ist mit mir geschehen?« dachte er. Es war kein Traum. Sein Zimmer, ein richtiges, nur etwas zu kleines Menschenzimmer, lag ruhig zwischen den vier wohlbekannten Wänden. Über dem Tisch, auf dem eine auseinandergepackte Musterkollektion von Tuchwaren ausgebreitet war – Samsa war Reisender –, hing das Bild, das er vor kurzem aus einer illustrierten Zeitschrift ausgeschnitten und in einem hübschen, vergoldeten Rahmen untergebracht hatte. Es stellte eine Dame dar, die, mit einem Pelzhut und einer Pelzboa versehen, aufrecht dasaß und einen schweren Pelzmuff, in dem ihr ganzer Unterarm verschwunden war, dem Beschauer entgegenhob.

Gregors Blick richtete sich dann zum Fenster, und das trübe Wetter – man hörte Regentropfen auf das Fensterblech aufschlagen – machte ihn ganz melancholisch. »Wie wäre es, wenn ich noch ein wenig weiterschliefe und alle Narrheiten vergäße,« dachte er, aber das war gänzlich undurchführbar, denn er war gewöhnt, auf der rechten Seite zu schlafen, konnte sich aber in seinem gegenwärtigen Zustand nicht in diese Lage bringen. Mit welcher Kraft er sich auch auf die rechte Seite warf, immer wieder schaukelte er in die Rückenlage zurück. Er versuchte es wohl hundertmal, schloß die Augen, um die zappelnden Beine nicht sehen zu müssen, und ließ erst ab, als er in der Seite einen noch nie gefühlten, leichten, dumpfen Schmerz zu fühlen begann.

»Ach Gott,« dachte er, »was für einen anstrengenden Beruf habe ich gewählt! Tag aus, Tag ein auf der Reise. Die geschäftlichen Aufregungen sind viel größer, als im eigentlichen Geschäft zu Hause, und außerdem ist mir noch diese Plage des Reisens auferlegt, die Sorgen um die Zuganschlüsse, das unregelmäßige, schlechte Essen, ein immer wechselnder, nie andauernder, nie herzlich werdender menschlicher Verkehr. Der Teufel soll das alles holen!« Er fühlte ein leichtes Jucken oben auf dem Bauch; schob sich auf dem Rücken langsam näher zum Bettpfosten, um den Kopf besser heben zu können; fand die juckende Stelle, die mit lauter kleinen weißen

Pünktchen besetzt war, die er nicht zu beurteilen verstand; und wollte mit einem Bein die Stelle betasten, zog es aber gleich zurück, denn bei der Berührung umwehten ihn Kälteschauer.

Er glitt wieder in seine frühere Lage zurück. »Dies frühzeitige Aufstehen«, dachte er, »macht einen ganz blödsinnig. Der Mensch muß seinen Schlaf haben. Andere Reisende leben wie Haremsfrauen. Wenn ich zum Beispiel im Laufe des Vormittags ins Gasthaus zurückgehe, um die erlangten Aufträge zu überschreiben, sitzen diese Herren erst beim Frühstück. Das sollte ich bei meinem Chef versuchen; ich würde auf der Stelle hinausfliegen. Wer weiß übrigens, ob das nicht sehr gut für mich wäre. Wenn ich mich nicht wegen meiner Eltern zurückhielte, ich hätte längst gekündigt, ich wäre vor den Chef hingetreten und hätte ihm meine Meinung von Grund des Herzens aus gesagt. Vom Pult hätte er fallen müssen! Es ist auch eine sonderbare Art, sich auf das Pult zu setzen und von der Höhe herab mit dem Angestellten zu reden, der überdies wegen der Schwerhörigkeit des Chefs ganz nahe herantreten muß. Nun, die Hoffnung ist noch nicht gänzlich aufgegeben, habe ich einmal das Geld beisammen, um die Schuld der Eltern an ihn abzuzahlen – es dürfte noch fünf bis sechs Jahre dauern –, mache ich die Sache unbedingt. Dann wird der große Schnitt gemacht. Vorläufig allerdings muß ich aufstehen, denn mein Zug fährt um fünf.«

Und er sah zur Weckuhr hinüber, die auf dem Kasten tickte. »Himmlischer Vater!« dachte er, Es war halb sieben Uhr, und die Zeiger gingen ruhig vorwärts, es war sogar halb vorüber, es näherte sich schon dreiviertel. Sollte der Wecker nicht geläutet haben? Man sah vom Bett aus, daß er auf vier Uhr richtig eingestellt war; gewiß hatte er auch geläutet. Ja, aber war es möglich, dieses möbelerschütternde Läuten ruhig zu verschlafen? Nun, ruhig hatte er ja nicht geschlafen, aber wahrscheinlich desto fester. Was aber sollte er jetzt tun? Der nächste Zug ging um sieben Uhr; um den einzuholen, hätte er sich unsinnig beeilen müssen, und die Kollektion war noch nicht eingepackt, und er selbst fühlte sich durchaus nicht besonders frisch und beweglich. Und selbst wenn er den Zug einholte, ein Donnerwetter des Chefs war nicht zu vermeiden, denn der Geschäftsdiener hatte beim Fünfuhrzug gewartet und die Meldung von seiner Versäumnis längst erstattet. Es war eine Kreatur des Chefs, ohne Rückgrat und Verstand. Wie nun, wenn er sich krank meldete? Das wäre aber äußerst peinlich und verdächtig, denn Gregor war während seines fünfjährigen Dienstes noch nicht einmal krank gewesen. Gewiß würde der Chef mit dem Krankenkassenarzt kommen, würde den Eltern wegen des faulen Sohnes Vorwürfe machen und alle Einwände durch den Hinweis auf den

Krankenkassenarzt abschneiden, für den es ja überhaupt nur ganz gesunde, aber arbeitsscheue Menschen gibt. Und hätte er übrigens in diesem Falle so ganz unrecht? Gregor fühlte sich tatsächlich, abgesehen von einer nach dem langen Schlaf wirklich überflüssigen Schläfrigkeit, ganz wohl und hatte sogar einen besonders kräftigen Hunger.

Als er dies alles in größter Eile überlegte, ohne sich entschließen zu können, das Bett zu verlassen – gerade schlug der Wecker dreiviertel sieben – klopfte es vorsichtig an die Tür am Kopfende seines Bettes. »Gregor,« rief es – es war die Mutter –, »es ist dreiviertel sieben. Wolltest du nicht wegfahren?« Die sanfte Stimme! Gregor erschrak, als er seine antwortende Stimme hörte, die wohl unverkennbar seine frühere war, in die sich aber, wie von unten her, ein nicht zu unterdrückendes, schmerzliches Piepsen mischte, das die Worte förmlich nur im ersten Augenblick in ihrer Deutlichkeit beließ, um sie im Nachklang derart zu zerstören, daß man nicht wußte, ob man recht gehört hatte. Gregor hatte ausführlich antworten und alles erklären wollen, beschränkte sich aber bei diesen Umständen darauf, zu sagen: »Ja, ja, danke, Mutter, ich stehe schon auf.« Infolge der Holztür war die Veränderung in Gregors Stimme draußen wohl nicht zu merken, denn die Mutter beruhigte sich mit dieser Erklärung und schlürfte davon. Aber durch das kleine Gespräch waren die anderen Familienmitglieder darauf aufmerksam geworden, daß Gregor wider Erwarten noch zu Hause war, und schon klopfte an der einen Seitentür der Vater, schwach, aber mit der Faust. »Gregor, Gregor,« rief er, »was ist denn?« Und nach einer kleinen Weile mahnte er nochmals mit tieferer Stimme: »Gregor! Gregor!« An der anderen Seitentür aber klagte leise die Schwester: »Gregor? Ist dir nicht wohl? Brauchst du etwas?« Nach beiden Seiten hin antwortete Gregor: »Bin schon fertig,« und bemühte sich, durch die sorgfältigste Aussprache und durch Einschaltung von langen Pausen zwischen den einzelnen Worten seiner Stimme alles Auffallende zu nehmen. Der Vater kehrte auch zu seinem Frühstück zurück, die Schwester aber flüsterte: »Gregor, mach auf, ich beschwöre dich.« Gregor aber dachte gar nicht daran aufzumachen, sondern lobte die vom Reisen her übernommene Vorsicht, auch zu Hause alle Türen während der Nacht zu versperren.

Zunächst wollte er ruhig und ungestört aufstehen, sich anziehen und vor allem frühstücken, und dann erst das Weitere überlegen, denn, das merkte er wohl, im Bett würde er mit dem Nachdenken zu keinem vernünftigen Ende kommen. Er erinnerte sich, schon öfters im Bett irgendeinen vielleicht durch ungeschicktes Liegen erzeugten, leichten Schmerz empfunden zu haben, der sich dann beim Aufstehen als reine Einbildung herausstellte, und er war gespannt, wie sich seine heutigen Vorstellungen allmählich auflösen würden. Daß die Veränderung der Stimme nichts anderes war als der Vorbote einer tüchtigen Verkühlung, einer Berufskrankheit der Reisenden, daran zweifelte er nicht im geringsten.

Die Decke abzuwerfen war ganz einfach; er brauchte sich nur ein wenig aufzublasen und sie fiel von selbst. Aber weiterhin wurde es schwierig, besonders weil er so ungemein breit war. Er hätte Arme und Hände gebraucht, um sich aufzurichten; statt dessen aber hatte er nur die vielen Beinchen, die ununterbrochen in der verschiedensten Bewegung waren und die er überdies nicht beherrschen konnte. Wollte er eines einmal einknicken, so war es das erste, daß er sich streckte; und gelang es ihm endlich, mit diesem Bein das auszuführen, was er wollte, so arbeiteten inzwischen alle anderen, wie freigelassen, in höchster, schmerzlicher Aufregung. »Nur sich nicht im Bett unnütz aufhalten,« sagte sich Gregor.

Zuerst wollte er mit dem unteren Teil seines Körpers aus dem Bett hinauskommen, aber dieser untere Teil, den er übrigens noch nicht gesehen hatte und von dem er sich auch keine rechte Vorstellung machen konnte, erwies sich als zu schwer beweglich; es ging so langsam; und als er schließlich, fast wild geworden, mit gesammelter Kraft, ohne Rücksicht sich vorwärtsstieß, hatte er die Richtung falsch gewählt, schlug an den unteren Bettpfosten heftig an, und der brennende Schmerz, den er empfand, belehrte ihn, daß gerade der untere Teil seines Körpers augenblicklich vielleicht der empfindlichste war.

Er versuchte es daher, zuerst den Oberkörper aus dem Bett zu bekommen, und drehte vorsichtig den Kopf dem Bettrand zu. Dies gelang auch leicht, und trotz ihrer Breite und Schwere folgte schließlich die Körpermasse langsam der Wendung des Kopfes. Aber als er den Kopf endlich außerhalb des Bettes in der freien Luft hielt, bekam er Angst, weiter auf diese Weise vorzurücken, denn wenn er sich schliesslich so fallen ließ, mußte geradezu ein Wunder geschehen wenn der Kopf nicht verletzt werden sollte. Und die Besinnung durfte er gerade jetzt um keinen Preis verlieren; lieber wollte er im Bett bleiben.

Aber als er wieder nach gleicher Mühe aufseufzend so dalag wie früher, und wieder seine Beinchen womöglich noch ärger gegeneinander kämpfen sah und keine Möglichkeit fand, in diese Willkür Ruhe und Ordnung zu bringen, sagte er sich wieder, daß er unmöglich im Bett bleiben könne und daß es das Vernünftigste sei, alles zu opfern, wenn auch nur die kleinste Hoffnung bestünde, sich dadurch vom Bett zu befreien. Gleichzeitig aber vergaß er nicht, sich zwischendurch daran zu erinnern, daß viel besser als verzweifelte Entschlüsse ruhige und ruhigste Überlegung sei. In solchen Augenblicken richtete er die Augen möglichst scharf auf das Fenster, aber leider war aus dem Anblick des Morgennebels, der sogar die andere Seite der engen Straße verhüllte, wenig Zuversicht und Munterkeit zu holen. »Schon sieben Uhr,« sagte er sich beim neuerlichen Schlagen des Weckers, »schon sieben Uhr und noch immer ein solcher Nebel.« Und ein Weilchen lang lag er ruhig mit schwachem Atem, als erwarte er vielleicht von der völligen Stille die Wiederkehr der wirklichen und selbstverständlichen Verhältnisse.

Dann aber sagte er sich: »Ehe es einviertel acht schlägt, muß ich unbedingt das Bett vollständig verlassen haben. Im übrigen wird auch bis dahin jemand aus dem Geschäft kommen, um nach mir zu fragen, denn das Geschäft wird vor sieben Uhr geöffnet.« Und er machte sich nun daran, den Körper in seiner ganzen Länge vollständig gleichmäßig aus dem Bett hinauszuschaukeln. Wenn er sich auf diese Weise aus dem Bett fallen ließ, blieb der Kopf, den er beim Fall scharf heben wollte, voraussichtlich unverletzt. Der Rücken schien hart zu sein; dem würde wohl bei dem Fall auf den Teppich nichts geschehen. Das größte Bedenken machte ihm die Rücksicht auf den lauten Krach, den es geben müßte und der wahrscheinlich hinter allen Türen wenn nicht Schrecken, so doch Besorgnisse erregen würde. Das mußte aber gewagt werden.

Als Gregor schon zur Hälfte aus dem Bette ragte – die

neue Methode war mehr ein Spiel als eine Anstrengung, er brauchte immer nur ruckweise zu schaukeln –, fiel ihm ein, wie einfach alles wäre, wenn man ihm zu Hilfe käme. Zwei starke Leute – er dachte an seinen Vater und das Dienstmädchen – hätten vollständig genügt; sie hätten ihre Arme nur unter seinen gewölbten Rücken schieben, ihn so aus dem Bett schälen, sich mit der Last niederbeugen und dann bloß vorsichtig dulden müssen, daß er den Überschwung auf dem Fußboden vollzog, wo dann die Beinchen hoffentlich einen Sinn bekommen würden. Nun, ganz abgesehen davon, daß die Türen versperrt waren, hätte er wirklich um Hilfe rufen sollen? Trotz aller Not konnte er bei diesem Gedanken ein Lächeln nicht unterdrücken.

Schon war er so weit, daß er bei stärkerem Schaukeln kaum das Gleichgewicht noch erhielt, und sehr bald mußte er sich nun endgültig entscheiden, denn es war in fünf Minuten einviertel acht, – als es an der Wohnungstür läutete. »Das ist jemand aus dem Geschäft,« sagte er sich und erstarrte fast, während seine Beinchen nur desto eiliger tanzten. Einen Augenblick blieb alles still. »Sie öffnen nicht,« sagte sich Gregor, befangen in irgendeiner unsinnigen Hoffnung. Aber dann ging natürlich wie immer das Dienstmädchen festen Schrittes zur Tür und öffnete. Gregor brauchte nur das erste Grußwort des Besuchers zu hören und wußte schon, wer es war – der Prokurist selbst. Warum war nur Gregor dazu verurteilt, bei einer Firma zu dienen, wo man bei der kleinsten Versäumnis gleich den größten Verdacht faßte? Waren denn alle Angestellten samt und sonders Lumpen, gab es denn unter ihnen keinen treuen ergebenen Menschen, den, wenn er auch nur ein paar Morgenstunden für das Geschäft nicht ausgenützt hatte, vor Gewissensbissen närrisch wurde und geradezu nicht imstande war, das Bett zu verlassen? Genügte es wirklich nicht, einen Lehrjungen nachfragen zu lassen – wenn überhaupt diese Fragerei nötig war –, mußte da der Prokurist selbst kommen, und mußte dadurch der ganzen unschuldigen Familie gezeigt werden, daß die Untersuchung dieser verdächtigen Angelegenheit nur dem Verstand des Prokuristen anvertraut werden konnte? Und mehr infolge der Erregung, in welche Gregor durch diese Überlegungen versetzt wurde, als infolge eines richtigen Entschlusses, schwang er sich mit aller Macht aus dem Bett. Es gab einen lauten Schlag, aber ein eigentlicher Krach war es nicht. Ein wenig wurde der Fall durch den Teppich abgeschwächt, auch war der Rücken elastischer, als Gregor gedacht hatte, daher kam der nicht gar so auffallende dumpfe Klang. Nur den Kopf hatte er nicht vorsichtig genug gehalten und ihn angeschlagen; er drehte ihn und rieb ihn an dem Teppich vor Ärger und Schmerz.

»Da drin ist etwas gefallen,« sagte der Prokurist im Nebenzimmer links. Gregor suchte sich vorzustellen, ob nicht auch einmal dem Prokuristen etwas Ähnliches passieren könnte, wie heute ihm; die Möglichkeit dessen mußte man doch eigentlich zugeben. Aber wie zur rohen Antwort auf diese Frage machte jetzt der Prokurist im Nebenzimmer ein paar bestimmte Schritte und ließ seine Lackstiefel knarren. Aus dem Nebenzimmer rechts flüsterte die Schwester, um Gregor zu verständigen: »Gregor, der Prokurist ist da.« »Ich weiß,« sagte Gregor vor sich hin; aber so laut, daß es die Schwester hätte hören können, wagte er die Stimme nicht zu erheben.

»Gregor,« sagte nun der Vater aus dem Nebenzimmer links, »der Herr Prokurist ist gekommen und erkundigt sich, warum du nicht mit dem Frühzug weggefahren bist. Wir wissen nicht, was wir ihm sagen sollen. Übrigens will er auch mit dir persönlich sprechen. Also bitte mach die Tür auf. Er wird die Unordnung im Zimmer zu entschuldigen schon die Güte haben.« »Guten Morgen, Herr Samsa,« rief der Prokurist freundlich dazwischen. »Ihm ist nicht wohl,« sagte die Mutter zum Prokuristen, während der Vater noch an der Tür redete, »ihm ist nicht wohl, glauben Sie mir, Herr Prokurist. Wie würde denn Gregor sonst einen Zug versäumen! Der Junge hat ja nichts im Kopf als das Geschäft. Ich ärgere mich schon fast, daß er abends niemals ausgeht; jetzt war er doch acht Tage in der Stadt, aber jeden Abend war er zu Hause. Da sitzt er bei uns am Tisch und liest still die Zeitung oder studiert Fahrpläne. Es ist schon eine Zerstreuung für ihn, wenn er sich mit Laubsägearbeiten beschäftigt. Da hat er zum Beispiel im Laufe von zwei, drei Abenden einen kleinen Rahmen geschnitzt; Sie werden staunen, wie hübsch er ist; er hängt drin im Zimmer; Sie werden ihn gleich sehen, wenn Gregor aufmacht. Ich bin übrigens glücklich, daß Sie da sind, Herr Prokurist; wir allein hätten Gregor nicht dazu gebracht, die Tür zu öffnen; er ist so hartnäckig; und bestimmt ist ihm nicht wohl, trotzdem er es am Morgen geleugnet hat.« »Ich komme gleich,« sagte Gregor langsam und bedächtig und rührte sich nicht, um kein Wort der Gespräche zu verlieren. »Anders, gnädige Frau, kann ich es mir auch nicht erklären,« sagte der Prokurist, »hoffentlich ist es nichts Ernstes. Wenn ich auch andererseits sagen muß, daß wir Geschäftsleute – wie man will, leider oder glücklicherweise – ein leichtes Unwohlsein sehr oft aus geschäftlichen Rücksichten einfach überwinden müssen.« »Also kann der Herr Prokurist schon zu dir hinein?« fragte der ungeduldige Vater und klopfte wiederum an die Tür. »Nein,« sagte Gregor. Im Nebenzimmer links trat eine peinliche Stille ein, im Nebenzimmer rechts begann die Schwester zu schluchzen.

Warum ging denn die Schwester nicht zu den anderen? Sie

war wohl erst jetzt aus dem Bett aufgestanden und hatte noch gar nicht angefangen sich anzuziehen. Und warum weinte sie denn? Weil er nicht aufstand und den Prokuristen nicht hereinließ, weil er in Gefahr war, den Posten zu verlieren und weil dann der Chef die Eltern mit den alten Forderungen wieder verfolgen würde? Das waren doch vorläufig wohl unnötige Sorgen. Noch war Gregor hier und dachte nicht im geringsten daran, seine Familie zu verlassen. Augenblicklich lag er wohl da auf dem Teppich, und niemand, der seinen Zustand gekannt hätte, hätte im Ernst von ihm verlangt, daß er den Prokuristen hereinlasse. Aber wegen dieser kleinen Unhöflichkeit, für die sich ja später leicht eine passende Ausrede finden würde, konnte Gregor doch nicht gut sofort weggeschickt werden. Und Gregor schien es, daß es viel vernünftiger wäre, ihn jetzt in Ruhe zu lassen, statt ihn mit Weinen und Zureden zu stören. Aber es war eben die Ungewißheit, welche die anderen bedrängte und ihr Benehmen entschuldigte.

»Herr Samsa,« rief nun der Prokurist mit erhobener Stimme, »was ist denn los? Sie verbarrikadieren sich da in Ihrem Zimmer, antworten bloß mit ja und nein, machen Ihren Eltern schwere, unnötige Sorgen und versäumen – dies nur nebenbei erwähnt – Ihre geschäftlichen Pflichten in einer eigentlich unerhörten Weise. Ich spreche hier im Namen Ihrer

Eltern und Ihres Chefs und bitte Sie ganz ernsthaft um eine augenblickliche, deutliche Erklärung. Ich staune, ich staune. Ich glaubte Sie als einen ruhigen, vernünftigen Menschen zu kennen, und nun scheinen Sie plötzlich anfangen zu wollen, mit sonderbaren Launen zu paradieren. Der Chef deutete mir zwar heute früh eine mögliche Erklärung für Ihre Versäumnis an – sie betraf das Ihnen seit kurzem anvertraute Inkasso –, aber ich legte wahrhaftig fast mein Ehrenwort dafür ein, daß diese Erklärung nicht zutreffen könne. Nun aber sehe ich hier Ihren unbegreiflichen Starrsinn und verliere ganz und gar jede Lust, mich auch nur im geringsten für Sie einzusetzen. Und Ihre Stellung ist durchaus nicht die festeste. Ich hatte ursprünglich die Absicht, Ihnen das alles unter vier Augen zu sagen, aber da Sie mich hier nutzlos meine Zeit versäumen lassen, weiß ich nicht, warum es nicht auch Ihre Herren Eltern erfahren sollen. Ihre Leistungen in der letzten Zeit waren also sehr unbefriedigend; es ist zwar nicht die Jahreszeit, um besondere Geschäfte zu machen, das erkennen wir an; aber eine Jahreszeit, um keine Geschäfte zu machen, gibt es überhaupt nicht, Herr Samsa, darf es nicht geben.«

»Aber Herr Prokurist,« rief Gregor außer sich und vergaß in der Aufregung alles andere, »ich mache ja sofort, augenblicklich auf. Ein leichtes Unwohlsein, ein Schwindelanfall, haben mich verhindert aufzustehen. Ich liege noch jetzt im

Bett. Jetzt bin ich aber schon wieder ganz frisch. Eben steige ich aus dem Bett. Nur einen kleinen Augenblick Geduld! Es geht noch nicht so gut, wie ich dachte. Es ist mir aber schon wohl. Wie das nur einen Menschen so überfallen kann! Noch gestern abend war mir ganz gut, meine Eltern wissen es ja, oder besser, schon gestern abend hatte ich eine kleine Vorahnung. Man hätte es mir ansehen müssen. Warum habe ich es nur im Geschäfte nicht gemeldet! Aber man denkt eben immer, daß man die Krankheit ohne Zuhausebleiben überstehen wird. Herr Prokurist! Schonen Sie meine Eltern! Für alle die Vorwürfe, die Sie mir jetzt machen, ist ja kein Grund; man hat mir ja davon auch kein Wort gesagt. Sie haben vielleicht die letzten Aufträge, die ich geschickt habe, nicht gelesen. Übrigens, noch mit dem Achtuhrzug fahre ich auf die Reise, die paar Stunden Ruhe haben mich gekräftigt. Halten Sie sich nur nicht auf, Herr Prokurist; ich bin gleich selbst im Geschäft, und haben Sie die Güte, das zu sagen und mich dem Herrn Chef zu empfehlen!«

Und während Gregor dies alles hastig ausstieß und kaum wußte, was er sprach, hatte er sich leicht, wohl infolge der im Bett bereits erlangten Übung, dem Kasten genähert und versuchte nun, an ihm sich aufzurichten. Er wollte tatsächlich die Tür aufmachen, tatsächlich sich sehen lassen und mit dem Prokuristen sprechen; er war begierig zu erfahren, was die

anderen, die jetzt so nach ihm verlangten, bei seinem Anblick
sagen würden. Würden sie erschrecken, dann hatte Gregor
keine Verantwortung mehr und konnte ruhig sein. Würden
sie aber alles ruhig hinnehmen, dann hatte auch er keinen
Grund sich aufzuregen, und konnte, wenn er sich beeilte, um
acht Uhr tatsächlich auf dem Bahnhof sein. Zuerst glitt er
nun einigemale von dem glatten Kasten ab, aber endlich gab
er sich einen letzten Schwung und stand aufrecht da; auf die
Schmerzen im Unterleib achtete er gar nicht mehr, so sehr
sie auch brannten. Nun ließ er sich gegen die Rücklehne eines nahen Stuhles fallen, an deren Rändern er sich mit seinen
Beinchen festhielt. Damit hatte er aber auch die Herrschaft
über sich erlangt und verstummte, denn nun konnte er den
Prokuristen anhören.

»Haben Sie auch nur ein Wort verstanden?« fragte der
Prokurist die Eltern, »er macht sich doch wohl nicht einen Narren aus uns?« »Um Gottes willen,« rief die Mutter
schon unter Weinen, »er ist vielleicht schwer krank, und wir
quälen ihn. Grete! Grete!« schrie sie dann. »Mutter?« rief
die Schwester von der anderen Seite. Sie verständigten sich
durch Gregors Zimmer. »Du mußt augenblicklich zum Arzt.
Gregor ist krank. Rasch um den Arzt. Hast du Gregor jetzt
reden hören?« »Das war eine Tierstimme,« sagte der Prokurist, auffallend leise gegenüber dem Schreien der Mutter.

»Anna! Anna!« rief der Vater durch das Vorzimmer in die Küche und klatschte in die Hände, »sofort einen Schlosser holen!« Und schon liefen die zwei Mädchen mit rauschenden Röcken durch das Vorzimmer – wie hatte sich die Schwester denn so schnell angezogen? – und rissen die Wohnungstüre auf. Man hörte gar nicht die Türe zuschlagen; sie hatten sie wohl offen gelassen, wie es in Wohnungen zu sein pflegt, in denen ein großes Unglück geschehen ist.

Gregor war aber viel ruhiger geworden. Man verstand zwar also seine Worte nicht mehr, trotzdem sie ihm genug klar, klarer als früher, vorgekommen waren, vielleicht infolge der Gewöhnung des Ohres. Aber immerhin glaubte man nun schon daran, daß es mit ihm nicht ganz in Ordnung war, und war bereit, ihm zu helfen. Die Zuversicht und Sicherheit, womit die ersten Anordnungen getroffen worden waren, taten ihm wohl. Er fühlte sich wieder einbezogen in den menschlichen Kreis und erhoffte von beiden, vom Arzt und vom Schlosser, ohne sie eigentlich genau zu scheiden, grossartige und überraschende Leistungen. Um für die sich nähernden entscheidenden Besprechungen eine möglichst klare Stimme zu bekommen, hustete er ein wenig ab, allerdings bemüht, dies ganz gedämpft zu tun, da möglicherweise auch schon dieses Geräusch anders als menschlicher Husten klang, was er selbst zu entscheiden sich nicht mehr getraute. Im

Nebenzimmer war es inzwischen ganz still geworden. Vielleicht saßen die Eltern mit dem Prokuristen beim Tisch und tuschelten, vielleicht lehnten alle an der Türe und horchten.

Gregor schob sich langsam mit dem Sessel zur Tür hin, ließ ihn dort los, warf sich gegen die Tür, hielt sich an ihr aufrecht – die Ballen seiner Beinchen hatten ein wenig Klebstoff – und ruhte sich dort einen Augenblick lang von der Anstrengung aus. Dann aber machte er sich daran, mit dem Mund den Schlüssel im Schloß umzudrehen. Es schien leider, daß er keine eigentlichen Zähne hatte, – womit sollte er gleich den Schlüssel fassen? – aber dafür waren die Kiefer freilich sehr stark, mit ihrer Hilfe brachte er auch wirklich den Schlüssel in Bewegung und achtete nicht darauf, daß er sich zweifellos irgendeinen Schaden zufügte, denn eine braune Flüssigkeit kam ihm aus dem Mund, floß über den Schlüssel und tropfte auf den Boden. »Hören Sie nur,« sagte der Prokurist im Nebenzimmer, »er dreht den Schlüssel um.« Das war für Gregor eine große Aufmunterung; aber alle hätten ihm zurufen sollen, auch der Vater und die Mutter: »Frisch, Gregor,« hätten sie rufen sollen, »immer nur heran, fest an das Schloß heran!« Und in der Vorstellung, daß alle seine Bemühungen mit Spannung verfolgten, verbiß er sich mit allem, was er an Kraft aufbringen konnte, besinnungslos in den Schlüssel. Je nach dem Fortschreiten der Drehung des

Schlüssels umtanzte er das Schloß, hielt sich jetzt nur noch mit dem Munde aufrecht, und je nach Bedarf hing er sich an den Schlüssel oder drückte ihn dann wieder nieder mit der ganzen Last seines Körpers. Der hellere Klang des endlich zurückschnappenden Schlosses erweckte Gregor förmlich. Aufatmend sagte er sich: »Ich habe also den Schlosser nicht gebraucht,« und legte den Kopf auf die Klinke, um die Türe gänzlich zu öffnen.

Da er die Türe auf diese Weise öffnen mußte, war sie eigentlich schon recht weit geöffnet, und er selbst noch nicht zu sehen. Er mußte sich erst langsam um den einen Türflügel herumdrehen, und zwar sehr vorsichtig, wenn er nicht gerade vor dem Eintritt ins Zimmer plump auf den Rücken fallen wollte. Er war noch mit jener schwierigen Bewegung beschäftigt und hatte nicht Zeit, auf anderes zu achten, da hörte er schon den Prokuristen ein lautes »Oh!« ausstoßen – es klang, wie wenn der Wind saust – und nun sah er ihn auch, wie er, der der Nächste an der Türe war, die Hand gegen den offenen Mund drückte und langsam zurückwich, als vertreibe ihn eine unsichtbare, gleichmäßig fortwirkende Kraft. Die Mutter – sie stand hier trotz der Anwesenheit des Prokuristen mit von der Nacht her noch aufgelösten, hoch sich sträubenden Haaren – sah zuerst mit gefalteten Händen den Vater an, ging dann zwei Schritte zu Gregor hin und fiel inmitten ihrer rings um sie herum sich ausbreitenden Röcke nieder, das Gesicht ganz unauffindbar zu ihrer Brust gesenkt. Der Vater ballte mit feindseligem Ausdruck die Faust, als wolle er Gregor in sein Zimmer zurückstoßen, sah sich dann unsicher im Wohnzimmer um, beschattete dann mit den Händen die Augen und weinte, daß sich seine mächtige Brust schüttelte.

Gregor trat nun gar nicht in das Zimmer, sondern lehnte sich von innen an den festgeriegelten Türflügel, so daß sein Leib nur zur Hälfte und darüber der seitlich geneigte Kopf zu sehen war, mit dem er zu den anderen hinüberlugte. Es war inzwischen viel heller geworden; klar stand auf der anderen Straßenseite ein Ausschnitt des gegenüberliegenden, endlosen, grauschwarzen Hauses – es war ein Krankenhaus – mit seinen hart die Front durchbrechenden regelmäßigen Fenstern; der Regen fiel noch nieder, aber nur mit großen, einzeln sichtbaren und förmlich auch einzelnweise auf die Erde hinuntergeworfenen Tropfen. Das Frühstücksgeschirr stand in überreicher Zahl auf dem Tisch, denn für den Vater war das Frühstück die wichtigste Mahlzeit des Tages, die er bei der Lektüre verschiedener Zeitungen stundenlang hinzog. Gerade an der gegenüberliegenden Wand hing eine Photographie Gregors aus seiner Militärzeit, die ihn als Leutnant darstellte, wie er, die Hand am Degen, sorglos lächelnd, Respekt für seine Haltung und Uniform verlangte. Die Tür zum Vorzimmer war geöffnet, und man sah, da auch die Wohnungstür offen war, auf den Vorplatz der Wohnung hinaus und auf den Beginn der abwärts führenden Treppe.

»Nun,« sagte Gregor und war sich dessen wohl bewußt, daß er der einzige war, der die Ruhe bewahrt hatte, »ich werde mich gleich anziehen, die Kollektion zusammenpacken und wegfahren. Wollt ihr, wollt ihr mich wegfahren lassen? Nun, Herr Prokurist, Sie sehen, ich bin nicht starrköpfig und ich arbeite gern; das Reisen ist beschwerlich, aber ich könnte ohne das Reisen nicht leben. Wohin gehen Sie denn, Herr Prokurist? Ins Geschäft? Ja? Werden Sie alles wahrheitsgetreu berichten? Man kann im Augenblick unfähig sein zu arbeiten, aber dann ist gerade der richtige Zeitpunkt, sich an die früheren Leistungen zu erinnern und zu bedenken, daß man später, nach Beseitigung des Hindernisses, gewiß desto fleißiger und gesammelter arbeiten wird. Ich bin ja dem Herrn Chef so sehr verpflichtet, das wissen Sie doch recht gut. Andererseits habe ich die Sorge um meine Eltern und die Schwester. Ich bin in der Klemme, ich werde mich aber auch wieder herausarbeiten. Machen Sie es mir aber nicht schwieriger, als es schon ist. Halten Sie im Geschäft meine Partei! Man liebt den Reisenden nicht, ich weiß. Man denkt, er verdient ein Heidengeld und führt dabei ein schönes Leben. Man hat eben keine besondere Veranlassung, dieses

Vorurteil besser zu durchdenken. Sie aber, Herr Prokurist, Sie haben einen besseren Überblick über die Verhältnisse, als das sonstige Personal, ja sogar, ganz im Vertrauen gesagt, einen besseren Überblick, als der Herr Chef selbst, der in seiner Eigenschaft als Unternehmer sich in seinem Urteil leicht zuungunsten eines Angestellten beirren läßt. Sie wissen auch sehr wohl, daß der Reisende, der fast das ganze Jahr außerhalb des Geschäftes ist, so leicht ein Opfer von Klatschereien, Zufälligkeiten und grundlosen Beschwerden werden kann, gegen die sich zu wehren ihm ganz unmöglich ist, da er von ihnen meistens gar nichts erfährt und nur dann, wenn er erschöpft eine Reise beendet hat, zu Hause die schlimmen, auf ihre Ursachen hin nicht mehr zu durchschauenden Folgen am eigenen Leibe zu spüren bekommt. Herr Prokurist, gehen Sie nicht weg, ohne mir ein Wort gesagt zu haben, das mir zeigt, daß Sie mir wenigstens zu einem kleinen Teil recht geben!«

Aber der Prokurist hatte sich schon bei den ersten Worten Gregors abgewendet, und nur über die zuckende Schulter hinweg sah er mit aufgeworfenen Lippen nach Gregor zurück. Und während Gregors Rede stand er keinen Augenblick still, sondern verzog sich, ohne Gregor aus den Augen zu lassen, gegen die Tür, aber ganz allmählich, als bestehe ein geheimes Verbot, das Zimmer zu verlassen. Schon war er im Vorzimmer, und nach der plötzlichen Bewegung, mit der er zum letztenmal den Fuß aus dem Wohnzimmer zog, hätte

man glauben können, er habe sich soeben die Sohle ver-
brannt. Im Vorzimmer aber streckte er die rechte Hand weit
von sich zur Treppe hin, als warte dort auf ihn eine geradezu
überirdische Erlösung.

Gregor sah ein, daß er den Prokuristen in dieser Stimmung
auf keinen Fall weggehen lassen dürfe, wenn dadurch seine
Stellung im Geschäft nicht aufs äußerste gefährdet werden
sollte. Die Eltern verstanden das alles nicht so gut; sie hatten sich in den langen Jahren die Überzeugung gebildet, daß
Gregor in diesem Geschäft für sein Leben versorgt war, und
hatten außerdem jetzt mit den augenblicklichen Sorgen so
viel zu tun, daß ihnen jede Voraussicht abhanden gekommen war. Aber Gregor hatte diese Voraussicht. Der Prokurist mußte gehalten, beruhigt, überzeugt und schließlich
gewonnen werden; die Zukunft Gregors und seiner Familie
hing doch davon ab! Wäre doch die Schwester hier gewesen!
Sie war klug; sie hatte schon geweint, als Gregor noch ruhig
auf dem Rücken lag. Und gewiß hätte der Prokurist, dieser
Damenfreund, sich von ihr lenken lassen; sie hätte die Wohnungstür zugemacht und ihm im Vorzimmer den Schrecken
ausgeredet. Aber die Schwester war eben nicht da, Gregor
selbst mußte handeln. Und ohne daran zu denken, daß er
seine gegenwärtigen Fähigkeiten, sich zu bewegen, noch gar
nicht kannte, ohne auch daran zu denken, daß seine Rede
möglicher- ja wahrscheinlicherweise wieder nicht verstanden

worden war, verließ er den Türflügel; schob sich durch die Öffnung; wollte zum Prokuristen hingehen, der sich schon am Geländer des Vorplatzes lächerlicherweise mit beiden Händen festhielt; fiel aber sofort, nach einem Halt suchend, mit einem kleinen Schrei auf seine vielen Beinchen nieder. Kaum war das geschehen, fühlte er zum erstenmal an diesem Morgen ein körperliches Wohlbehagen; die Beinchen hatten festen Boden unter sich; sie gehorchten vollkommen, wie er zu seiner Freude merkte; strebten sogar darnach, ihn fortzutragen, wohin er wollte; und schon glaubte er, die endgültige Besserung alles Leidens stehe unmittelbar bevor. Aber im gleichen Augenblick, als er da schaukelnd vor verhaltener Bewegung, gar nicht weit von seiner Mutter entfernt, ihr gerade gegenüber auf dem Boden lag, sprang diese, die doch so ganz in sich versunken schien, mit einemmale in die Höhe, die Arme weit ausgestreckt, die Finger gespreizt, rief: »Hilfe, um Gottes willen Hilfe!«, hielt den Kopf geneigt, als wolle sie Gregor besser sehen, lief aber, im Widerspruch dazu, sinnlos zurück; hatte vergessen, daß hinter ihr der gedeckte Tisch stand; setzte sich, als sie bei ihm angekommen war, wie in Zerstreutheit, eilig auf ihn, und schien gar nicht zu merken, daß neben ihr aus der umgeworfenen großen Kanne der Kaffee in vollem Strome auf den Teppich sich ergoß.

»Mutter, Mutter,« sagte Gregor leise und sah zu ihr hinauf. Der Prokurist war ihm für einen Augenblick ganz aus dem

Sinn gekommen; dagegen konnte er sich nicht versagen, im Anblick des fließenden Kaffees mehrmals mit den Kiefern ins Leere zu schnappen. Darüber schrie die Mutter neuerdings auf, flüchtete vom Tisch und fiel dem ihr entgegeneilenden Vater in die Arme. Aber Gregor hatte jetzt keine Zeit für seine Eltern; der Prokurist war schon auf der Treppe; das Kinn auf dem Geländer, sah er noch zum letzten Male zurück. Gregor nahm einen Anlauf, um ihn möglichst sicher einzuholen; der Prokurist mußte etwas ahnen, denn er machte einen Sprung über mehrere Stufen und verschwand; »Huh!« aber schrie er noch, es klang durchs ganze Treppenhaus. Leider schien nun auch diese Flucht des Prokuristen den Vater, der bisher verhältnismäßig gefaßt gewesen war, völlig zu verwirren, denn statt selbst dem Prokuristen nachzulaufen oder wenigstens Gregor in der Verfolgung nicht zu hindern, packte er mit der Rechten den Stock des Prokuristen, den dieser mit Hut und Überzieher auf einem Sessel zurückgelassen hatte, holte mit der Linken eine große Zeitung vom Tisch und machte sich unter Füßestampfen daran, Gregor durch Schwenken des Stockes und der Zeitung in sein Zimmer zurückzutreiben. Kein Bitten Gregors half, kein Bitten wurde auch verstanden, er mochte den Kopf noch so demütig drehen, der Vater stampfte nur stärker mit den Füßen. Drüben hatte die Mutter trotz des kühlen Wetters ein Fenster aufgerissen, und hinausgelehnt drückte sie ihr

Gesicht weit außerhalb des Fensters in ihre Hände. Zwischen Gasse und Treppenhaus entstand eine starke Zugluft, die Fenstervorhänge flogen auf, die Zeitungen auf dem Tische rauschten, einzelne Blätter wehten über den Boden hin. Unerbittlich drängte der Vater und stieß Zischlaute aus, wie ein Wilder. Nun hatte aber Gregor noch gar keine Übung im Rückwärtsgehen, es ging wirklich sehr langsam. Wenn sich Gregor nur hätte umdrehen dürfen, er wäre gleich in seinem Zimmer gewesen, aber er fürchtete sich, den Vater durch die zeitraubende Umdrehung ungeduldig zu machen, und jeden Augenblick drohte ihm doch von dem Stock in des Vaters Hand der tödliche Schlag auf den Rücken oder auf den Kopf. Endlich aber blieb Gregor doch nichts anderes übrig, denn er merkte mit Entsetzen, daß er im Rückwärtsgehen nicht einmal die Richtung einzuhalten verstand; und so begann er, unter unaufhörlichen ängstlichen Seitenblicken nach dem Vater, sich nach Möglichkeit rasch, in Wirklichkeit aber doch nur sehr langsam umzudrehen. Vielleicht merkte der Vater seinen guten Willen, denn er störte ihn hierbei nicht, sondern dirigierte sogar hie und da die Drehbewegung von der Ferne mit der Spitze seines Stockes. Wenn nur nicht dieses unerträgliche Zischen des Vaters gewesen wäre! Gregor verlor darüber ganz den Kopf. Er war schon fast ganz umgedreht, als er sich, immer auf dieses Zischen horchend, sogar irrte und sich wieder ein Stück zurückdrehte. Als er aber endlich glücklich mit dem Kopf vor der Türöffnung war, zeigte es sich, daß sein Körper zu breit war, um ohne weiteres durchzukommen. Dem Vater fiel es natürlich in seiner gegenwärtigen Verfassung auch nicht entfernt ein, etwa den anderen Türflügel zu öffnen, um für Gregor einen genügenden Durchgang zu schaffen. Seine fixe Idee war bloß, daß Gregor so rasch als möglich in sein Zimmer müsse. Niemals hätte er auch die umständlichen Vorbereitungen gestattet, die Gregor brauchte, um sich aufzurichten und vielleicht auf diese Weise durch die Tür zu kommen. Vielleicht trieb er, als gäbe es kein Hindernis, Gregor jetzt unter besonderem Lärm vorwärts; es klang schon hinter Gregor gar nicht mehr wie die Stimme bloß eines einzigen Vaters; nun gab es wirklich keinen Spaß mehr, und Gregor drängte sich – geschehe was wolle – in die Tür. Die eine Seite seines Körpers hob sich, er lag schief in der Türöffnung, seine eine Flanke war ganz wundgerieben, an der weißen Tür blieben häßliche Flecke, bald steckte er fest und hätte sich allein nicht mehr rühren können, die Beinchen auf der einen Seite hingen zitternd oben in der Luft, die auf der anderen waren schmerzhaft zu Boden gedrückt – da gab ihm der Vater von hinten einen jetzt wahrhaftig erlösenden starken Stoß, und er flog, heftig blutend, weit in sein Zimmer hinein. Die Tür wurde noch mit dem Stock zugeschlagen, dann war es endlich still.

- Kapitel 2 -

Erst in der Abenddämmerung erwachte Gregor aus seinem schweren ohnmachtähnlichen Schlaf. Er wäre gewiß
nicht viel später auch ohne Störung erwacht, denn er fühlte
sich genügend ausgeruht und ausgeschlafen, doch schien es
ihm, als hätte ihn ein flüchtiger Schritt und ein vorsichtiges
Schließen der zum Vorzimmer führenden Tür geweckt. Der
Schein der elektrischen Straßenbahn lag bleich hier und da
auf der Zimmerdecke und auf den höheren Teilen der Möbel,
aber unten bei Gregor war es finster. Langsam schob er sich,
noch ungeschickt mit seinen Fühlern tastend, die er jetzt erst
schätzen lernte, zur Türe hin, um nachzusehen, was dort geschehen war. Seine linke Seite schien eine einzige lange, unangenehm spannende Narbe, und er mußte auf seinen zwei
Beinreihen regelrecht hinken. Ein Beinchen war übrigens im
Laufe der vormittägigen Vorfälle schwer verletzt worden –
es war fast ein Wunder, daß nur eines verletzt worden war –
und schleppte leblos nach.

Erst bei der Tür merkte er, was ihn dorthin eigentlich ge-
lockt hatte; es war der Geruch von etwas Eßbarem gewesen.
Denn dort stand ein Napf mit süßer Milch gefüllt, in der
kleine Schnitte von Weißbrot schwammen. Fast hätte er vor

Freude gelacht, denn er hatte noch größeren Hunger als am Morgen, und gleich tauchte er seinen Kopf fast bis über die Augen in die Milch hinein. Aber bald zog er ihn enttäuscht wieder zurück; nicht nur, daß ihm das Essen wegen seiner heiklen linken Seite Schwierigkeiten machte – und er konnte nur essen, wenn der ganze Körper schnaufend mitarbeitete –, so schmeckte ihm überdies die Milch, die sonst sein Lieblingsgetränk war und die ihm gewiß die Schwester deshalb hereingestellt hatte, gar nicht, ja er wandte sich fast mit Widerwillen von dem Napf ab und kroch in die Zimmermitte zurück.

Im Wohnzimmer war, wie Gregor durch die Türspalte sah, das Gas angezündet, aber während sonst zu dieser Tageszeit der Vater seine nachmittags erscheinende Zeitung der Mutter und manchmal auch der Schwester mit erhobener Stimme vorzulesen pflegte, hörte man jetzt keinen Laut. Nun vielleicht war dieses Vorlesen, von dem ihm die Schwester immer erzählte und schrieb, in der letzten Zeit überhaupt aus der Übung gekommen. Aber auch ringsherum war es so still, trotzdem doch gewiß die Wohnung nicht leer war. »Was für ein stilles Leben die Familie doch führte,« sagte sich Gregor und fühlte, während er starr vor sich ins Dunkle sah, einen großen Stolz darüber, daß er seinen Eltern und seiner Schwester ein solches Leben in einer so schönen Wohnung hatte verschaffen können. Wie aber, wenn jetzt alle Ruhe, aller Wohlstand, alle Zufriedenheit ein Ende mit Schrecken nehmen sollte? Um sich nicht in solche Gedanken zu verlieren, setzte sich Gregor lieber in Bewegung und kroch im Zimmer auf und ab.

Einmal während des langen Abends wurde die eine Seitentüre und einmal die andere bis zu einer kleinen Spalte geöffnet und rasch wieder geschlossen; jemand hatte wohl das Bedürfnis hereinzukommen, aber auch wieder zu viele Bedenken. Gregor machte nun unmittelbar bei der Wohnzimmertür Halt, entschlossen, den zögernden Besucher doch irgendwie hereinzubringen oder doch wenigstens zu erfahren, wer es sei; aber nun wurde die Tür nicht mehr geöffnet und Gregor wartete vergebens. Früh, als die Türen versperrt waren, hatten alle zu ihm hereinkommen wollen, jetzt, da er die eine Tür geöffnet hatte und die anderen offenbar während des Tages geöffnet worden waren, kam keiner mehr, und die Schlüssel steckten nun auch von außen.

Spät erst in der Nacht wurde das Licht im Wohnzimmer ausgelöscht, und nun war leicht festzustellen, daß die Eltern und die Schwester so lange wachgeblieben waren, denn wie man genau hören konnte, entfernten sich jetzt alle drei auf den Fußspitzen. Nun kam gewiß bis zum Morgen niemand mehr zu Gregor herein; er hatte also eine lange Zeit, um ungestört zu überlegen, wie er sein Leben jetzt neu ordnen sollte. Aber das hohe freie Zimmer, in dem er gezwungen war, flach auf dem Boden zu liegen, ängstigte ihn, ohne daß er die Ursache herausfinden konnte, denn es war ja sein seit fünf Jahren von ihm bewohntes Zimmer – und mit einer halb unbewußten Wendung und nicht ohne eine leichte Scham eilte er unter das Kanapee, wo er sich, trotzdem sein Rücken ein wenig gedrückt wurde und trotzdem er den Kopf nicht mehr erheben konnte, gleich sehr behaglich fühlte und nur bedauerte, daß sein Körper zu breit war, um vollständig unter dem Kanapee untergebracht zu werden.

Dort blieb er die ganze Nacht, die er zum Teil im Halbschlaf, aus dem ihn der Hunger immer wieder aufschreckte, verbrachte, zum Teil aber in Sorgen und undeutlichen Hoffnungen, die aber alle zu dem Schlusse führten, daß er sich vorläufig ruhig verhalten und durch Geduld und größte Rücksichtnahme der Familie die Unannehmlichkeiten erträglich machen müsse, die er ihr in seinem gegenwärtigen Zustand nun einmal zu verursachen gezwungen war.

Schon am frühen Morgen, es war fast noch Nacht, hatte Gregor Gelegenheit, die Kraft seiner eben gefaßten Entschlüsse zu prüfen, denn vom Vorzimmer her öffnete die Schwester, fast völlig angezogen, die Tür und sah mit Spannung herein. Sie fand ihn nicht gleich, aber als sie ihn unter

dem Kanapee bemerkte – Gott, er mußte doch irgendwo
sein, er hatte doch nicht wegfliegen können – erschrak sie
so sehr, daß sie, ohne sich beherrschen zu können, die Tür
von außen wieder zuschlug. Aber als bereue sie ihr Benehmen, öffnete sie die Tür sofort wieder und trat, als sei sie bei
einem Schwerkranken oder gar bei einem Fremden, auf den
Fußspitzen herein. Gregor hatte den Kopf bis knapp zum
Rande des Kanapees vorgeschoben und beobachtete sie. Ob
sie wohl bemerken würde, daß er die Milch stehen gelassen
hatte, und zwar keineswegs aus Mangel an Hunger, und ob
sie eine andere Speise hereinbringen würde, die ihm besser
entsprach? Täte sie es nicht von selbst, er wollte lieber ver-
hungern, als sie darauf aufmerksam machen, trotzdem es
ihn eigentlich ungeheuer drängte, unterm Kanapee vorzu-
schießen, sich der Schwester zu Füßen zu werfen und sie um
irgend etwas Gutes zum Essen zu bitten. Aber die Schwester
bemerkte sofort mit Verwunderung den noch vollen Napf,
aus dem nur ein wenig Milch ringsherum verschüttet war,
sie hob ihn gleich auf, zwar nicht mit den bloßen Händen,
sondern mit einem Fetzen, und trug ihn hinaus. Gregor war
äußerst neugierig, was sie zum Ersatze bringen würde, und
er machte sich die verschiedensten Gedanken darüber. Niemals aber hätte er erraten können, was die Schwester in ihrer
Güte wirklich tat. Sie brachte ihm, um seinen Geschmack
zu prüfen, eine ganze Auswahl, alles auf einer alten Zeitung

ausgebreitet. Da war altes halbverfaultes Gemüse; Knochen vom Nachtmahl her, die von festgewordener weißer Sauce umgeben waren; ein paar Rosinen und Mandeln; ein Käse, den Gregor vor zwei Tagen für ungenießbar erklärt hatte; ein trockenes Brot, ein mit Butter beschmiertes Brot und ein mit Butter beschmiertes und gesalzenes Brot. Außerdem stellte sie zu dem allen noch den wahrscheinlich ein für allemal für Gregor bestimmten Napf, in den sie Wasser gegossen hatte. Und aus Zartgefühl, da sie wußte, daß Gregor vor ihr nicht essen würde, entfernte sie sich eiligst und drehte sogar den Schlüssel um, damit nur Gregor merken könne, daß er es sich so behaglich machen dürfe, wie er wolle. Gregors Beinchen schwirrten, als es jetzt zum Essen ging. Seine Wunden mußten übrigens auch schon vollständig geheilt sein, er fühlte keine Behinderung mehr, er staunte darüber und dachte daran, wie er vor mehr als einem Monat sich mit dem Messer ganz wenig in den Finger geschnitten, und wie ihm diese Wunde noch vorgestern genug wehgetan hatte. »Sollte ich jetzt weniger Feingefühl haben?« dachte er und saugte schon gierig an dem Käse, zu dem es ihn vor allen anderen Speisen sofort und nachdrücklich gezogen hatte. Rasch hintereinander und mit vor Befriedigung tränenden Augen verzehrte er den Käse, das Gemüse und die Sauce; die frischen Speisen dagegen schmeckten ihm nicht, er konnte nicht einmal ihren Geruch vertragen und schleppte sogar die Sachen, die er essen wollte, ein Stückchen weiter weg. Er war schon längst mit allem fertig und lag nur noch faul auf der gleichen Stelle, als die Schwester zum Zeichen, daß er sich zurückziehen solle, langsam den Schlüssel umdrehte. Das schreckte ihn sofort auf, trotzdem er schon fast schlummerte, und er eilte wieder unter das Kanapee. Aber es kostete ihn große Selbstüberwindung, auch nur die kurze Zeit, während welcher die Schwester im Zimmer war, unter dem Kanapee zu bleiben, denn von dem reichlichen Essen hatte sich sein Leib ein wenig gerundet, und er konnte dort in der Enge kaum atmen. Unter kleinen Erstickungsanfällen sah er mit etwas hervorgequollenen Augen zu, wie die nichtsahnende Schwester mit einem Besen nicht nur die Überbleibsel zusammenkehrte, sondern selbst die von Gregor gar nicht berührten Speisen, als seien also auch diese nicht mehr zu gebrauchen, und wie sie alles hastig in einen Kübel schüttete, den sie mit einem Holzdeckel schloß, worauf sie alles hinaustrug. Kaum hatte sie sich umgedreht, zog sich schon Gregor unter dem Kanapee hervor und streckte und blähte sich.

Auf diese Weise bekam nun Gregor täglich sein Essen, einmal am Morgen, wenn die Eltern und das Dienstmädchen noch schliefen, das zweitemal nach dem allgemeinen Mittagessen, denn dann schliefen die Eltern gleichfalls noch ein Weilchen, und das Dienstmädchen wurde von der Schwester mit irgendeiner Besorgung weggeschickt. Gewiß wollten auch sie nicht, daß Gregor verhungere, aber vielleicht hätten sie es nicht ertragen können, von seinem Essen mehr als durch Hörensagen zu erfahren, vielleicht wollte die Schwester ihnen auch eine möglicherweise nur kleine Trauer ersparen, denn tatsächlich litten sie ja gerade genug.

Mit welchen Ausreden man an jenem ersten Vormittag den Arzt und den Schlosser wieder aus der Wohnung geschafft hatte, konnte Gregor gar nicht erfahren, denn da er nicht verstanden wurde, dachte niemand daran, auch die Schwester nicht, daß er die anderen verstehen könne, und so mußte er sich, wenn die Schwester in seinem Zimmer war, damit begnügen, nur hier und da ihre Seufzer und Anrufe der Heiligen zu hören. Erst später, als sie sich ein wenig an alles gewöhnt hatte – von vollständiger Gewöhnung konnte natürlich niemals die Rede sein –, erhaschte Gregor manchmal eine Bemerkung, die freundlich gemeint war oder so gedeutet werden konnte. »Heute hat es ihm aber geschmeckt,« sagte sie, wenn Gregor unter dem Essen tüchtig aufgeräumt hatte, während sie im gegenteiligen Fall, der sich allmählich immer häufiger wiederholte, fast traurig zu sagen pflegte: »Nun ist wieder alles stehengeblieben.«

Während aber Gregor unmittelbar keine Neuigkeit erfahren konnte, erhorchte er manches aus den Nebenzimmern, und wo er nun einmal Stimmen hörte, lief er gleich zu der betreffenden Tür und drückte sich mit ganzem Leib an sie. Besonders in der ersten Zeit gab es kein Gespräch, das nicht irgendwie wenn auch nur im geheimen, von ihm handelte. Zwei Tage lang waren bei allen Mahlzeiten Beratungen darüber zu hören, wie man sich jetzt verhalten solle; aber auch zwischen den Mahlzeiten sprach man über das gleiche Thema, denn immer waren zumindest zwei Familienmitglieder zu Hause, da wohl niemand allein zu Hause bleiben wollte und man die Wohnung doch auf keinen Fall gänzlich verlassen konnte. Auch hatte das Dienstmädchen gleich am ersten Tag – es war nicht ganz klar, was und wieviel sie von dem Vorgefallenen wußte – kniefällig die Mutter gebeten, sie sofort zu entlassen, und als sie sich eine Viertelstunde danach verabschiedete, dankte sie für die Entlassung unter Tränen, wie für die größte Wohltat, die man ihr hier erwiesen hatte, und gab, ohne daß man es von ihr verlangte, einen fürchterlichen Schwur ab, niemandem auch nur das geringste zu verraten.

Nun mußte die Schwester im Verein mit der Mutter auch kochen; allerdings machte das nicht viel Mühe, denn man aß fast nichts. Immer wieder hörte Gregor, wie der eine den anderen vergebens zum Essen aufforderte und keine andere Antwort bekam, als: »Danke ich habe genug« oder etwas

Ähnliches. Getrunken wurde vielleicht auch nichts. Öfters fragte die Schwester den Vater, ob er Bier haben wolle, und herzlich erbot sie sich, es selbst zu holen, und als der Vater schwieg, sagte sie, um ihm jedes Bedenken zu nehmen, sie könne auch die Hausmeisterin darum schicken, aber dann sagte der Vater schließlich ein großes »Nein«, und es wurde nicht mehr davon gesprochen.

Schon im Laufe des ersten Tages legte der Vater die ganzen Vermögensverhältnisse und Aussichten sowohl der Mutter als auch der Schwester dar. Hie und da stand er vom Tische auf und holte aus seiner kleinen Wertheimkassa, die er aus dem vor fünf Jahren erfolgten Zusammenbruch seines Geschäftes gerettet hatte, irgendeinen Beleg oder irgendein Vormerkbuch. Man hörte, wie er das komplizierte Schloß aufsperrte und nach Entnahme des Gesuchten wieder verschloß. Diese Erklärungen des Vaters waren zum Teil das erste Erfreuliche, was Gregor seit seiner Gefangenschaft zu hören bekam. Er war der Meinung gewesen, daß dem Vater von jenem Geschäft her nicht das Geringste übriggeblieben war, zumindest hatte ihm der Vater nichts Gegenteiliges gesagt, und Gregor allerdings hatte ihn auch nicht darum gefragt. Gregors Sorge war damals nur gewesen, alles daranzusetzen, um die Familie das geschäftliche Unglück, das alle in eine vollständige Hoffnungslosigkeit gebracht hatte, möglichst rasch vergessen zu lassen. Und so hatte er damals mit ganz besonderem Feuer zu arbeiten angefangen und war fast über Nacht aus einem kleinen Kommis ein Reisender geworden, der natürlich ganz andere Möglichkeiten des Geldverdienens hatte, und dessen Arbeitserfolge sich sofort in Form der Provision zu Bargeld verwandelten, das der erstaunten und beglückten Familie zu Hause auf den Tisch gelegt werden konnte. Es waren schöne Zeiten gewesen, und niemals nachher hatten sie sich, wenigstens in diesem Glanze, wiederholt, trotzdem Gregor später so viel Geld verdiente, daß er den Aufwand der ganzen Familie zu tragen imstande war und auch trug. Man hatte sich eben daran gewöhnt, sowohl die Familie, als auch Gregor, man nahm das Geld dankbar an, er lieferte es gern ab, aber eine besondere Wärme wollte sich nicht mehr ergeben. Nur die Schwester war Gregor doch noch nahe geblieben, und es war sein geheimer Plan, sie, die zum Unterschied von Gregor Musik sehr liebte und rührend Violine zu spielen verstand, nächstes Jahr, ohne Rücksicht auf die großen Kosten, die das verursachen mußte, und die man schon auf andere Weise hereinbringen würde, auf das Konservatorium zu schicken. Öfters während der kurzen Aufenthalte Gregors in der Stadt wurde in den Gesprächen mit der Schwester das Konservatorium erwähnt, aber immer nur als schöner Traum, an dessen Verwirklichung nicht zu denken war, und die Eltern hörten nicht einmal diese unschuldigen Erwähnungen gern; aber

Gregor dachte sehr bestimmt daran und beabsichtigte, es am Weihnachtsabend feierlich zu erklären.

Solche in seinem gegenwärtigen Zustand ganz nutzlose Gedanken gingen ihm durch den Kopf, während er dort aufrecht an der Türe klebte und horchte. Manchmal konnte er vor allgemeiner Müdigkeit gar nicht mehr zuhören und ließ den Kopf nachlässig gegen die Tür schlagen, hielt ihn aber sofort wieder fest, denn selbst das kleine Geräusch, das er damit verursacht hatte, war nebenan gehört worden und hatte alle verstummen lassen. »Was er nur wieder treibt,« sagte der Vater nach einer Weile, offenbar zur Türe hingewendet, und dann erst wurde das unterbrochene Gespräch allmählich wieder aufgenommen.

Gregor erfuhr nun zur Genüge – denn der Vater pflegte sich in seinen Erklärungen öfters zu wiederholen, teils, weil er selbst sich mit diesen Dingen schon lange nicht beschäftigt hatte, teils auch, weil die Mutter nicht alles gleich beim erstenmal verstand –, daß trotz allen Unglücks ein allerdings ganz kleines Vermögen aus der alten Zeit noch vorhanden war, das die nicht angerührten Zinsen in der Zwischenzeit ein wenig hatten anwachsen lassen. Außerdem aber war das Geld, das Gregor allmonatlich nach Hause gebracht hatte – er selbst hatte nur ein paar Gulden für sich behalten –, nicht vollständig aufgebraucht worden und hatte sich zu einem kleinen Kapital angesammelt. Gregor, hinter seiner Türe, nickte eifrig, erfreut über diese unerwartete Vorsicht und Sparsamkeit. Eigentlich hätte er ja mit diesen überschüssigen Geldern die Schuld des Vaters gegenüber dem Chef weiter abgetragen haben können, und jener Tag, an dem er diesen Posten hätte loswerden können, wäre weit näher gewesen, aber jetzt war es zweifellos besser so, wie es der Vater eingerichtet hatte.

Nun genügte dieses Geld aber ganz und gar nicht, um die Familie etwa von den Zinsen leben zu lassen; es genügte vielleicht, um die Familie ein, höchstens zwei Jahre zu erhalten, mehr war es nicht. Es war also bloß eine Summe, die man eigentlich nicht angreifen durfte, und die für den Notfall zurückgelegt werden mußte; das Geld zum Leben aber mußte man verdienen. Nun war aber der Vater ein zwar gesunder, aber alter Mann, der schon fünf Jahre nichts gearbeitet hatte und sich jedenfalls nicht viel zutrauen durfte; er hatte in diesen fünf Jahren, welche die ersten Ferien seines mühevollen und doch erfolglosen Lebens waren, viel Fett angesetzt und war dadurch recht schwerfällig geworden. Und die alte Mutter sollte nun vielleicht Geld verdienen, die an Asthma litt, der eine Wanderung durch die Wohnung schon Anstrengung verursachte, und die jeden zweiten Tag in Atembeschwerden auf dem Sofa beim offenen Fenster verbrachte? Und die

Schwester sollte Geld verdienen, die noch ein Kind war mit ihren siebzehn Jahren, und der ihre bisherige Lebensweise so sehr zu gönnen war, die daraus bestanden hatte, sich nett zu kleiden, lange zu schlafen, in der Wirtschaft mitzuhelfen, an ein paar bescheidenen Vergnügungen sich zu beteiligen und vor allem Violine zu spielen? Wenn die Rede auf diese Notwendigkeit des Geldverdienens kam, ließ zuerst immer Gregor die Türe los und warf sich auf das neben der Tür befindliche kühle Ledersofa, denn ihm war ganz heiß vor Beschämung und Trauer.

Oft lag er dort die ganzen langen Nächte über, schlief keinen Augenblick und scharrte nur stundenlang auf dem Leder. Oder er scheute nicht die große Mühe, einen Sessel zum Fenster zu schieben, dann die Fensterbrüstung hinaufzukriechen und, in den Sessel gestemmt, sich ans Fenster zu lehnen, offenbar nur in irgendeiner Erinnerung an das Befreiende, das früher für ihn darin gelegen war, aus dem Fenster zu schauen. Denn tatsächlich sah er von Tag zu Tag die auch nur ein wenig entfernten Dinge immer undeutlicher; das gegenüberliegende Krankenhaus, dessen nur allzu häufigen Anblick er früher verflucht hatte, bekam er überhaupt nicht mehr zu Gesicht, und wenn er nicht genau gewußt hätte, daß er in der stillen, aber völlig städtischen Charlottenstraße wohnte, hätte er glauben können, von seinem Fenster aus in eine Einöde zu schauen in welcher der graue Himmel und die graue Erde ununterscheidbar sich vereinigten. Nur zweimal hatte die aufmerksame Schwester sehen müssen, daß der Sessel beim Fenster stand, als sie schon jedesmal, nachdem sie das Zimmer aufgeräumt hatte, den Sessel wieder genau zum Fenster hinschob, ja sogar von nun ab den inneren Fensterflügel offen ließ.

Hätte Gregor nur mit der Schwester sprechen und ihr für alles danken können, was sie für ihn machen mußte, er hätte ihre Dienste leichter ertragen; so aber litt er darunter. Die Schwester suchte freilich die Peinlichkeit des Ganzen möglichst zu verwischen, und je längere Zeit verging, desto besser gelang es ihr natürlich auch, aber auch Gregor durchschaute mit der Zeit alles viel genauer. Schon ihr Eintritt war für ihn schrecklich. Kaum war sie eingetreten, lief sie, ohne sich Zeit zu nehmen, die Türe zu schließen, so sehr sie sonst darauf achtete, jedem den Anblick von Gregors Zimmer zu ersparen, geradewegs zum Fenster und riß es, als ersticke sie fast, mit hastigen Händen auf, blieb auch, selbst wenn es noch so kalt war, ein Weilchen beim Fenster und atmete tief. Mit diesem Laufen und Lärmen erschreckte sie Gregor täglich zweimal; die ganze Zeit über zitterte er unter dem Kanapee und wußte doch sehr gut, daß sie ihn gewiß gerne damit verschont hätte, wenn es ihr nur möglich gewesen wäre, sich in einem Zimmer, in dem sich Gregor befand, bei geschlossenem Fenster aufzuhalten.

Einmal, es war wohl schon ein Monat seit Gregors Verwandlung vergangen, und es war doch schon für die Schwester kein besonderer Grund mehr, über Gregors Aussehen in Erstaunen zu geraten, kam sie ein wenig früher als sonst und traf Gregor noch an, wie er, unbeweglich und so recht zum Erschrecken aufgestellt, aus dem Fenster schaute. Es wäre für Gregor nicht unerwartet gewesen, wenn sie nicht eingetreten wäre, da er sie durch seine Stellung verhinderte, sofort das Fenster zu öffnen, aber sie trat nicht nur nicht ein, sie fuhr sogar zurück und schloß die Tür; ein Fremder hätte geradezu denken können, Gregor habe ihr aufgelauert und habe sie beißen wollen. Gregor versteckte sich natürlich sofort unter dem Kanapee, aber er mußte bis zum Mittag warten, ehe die Schwester wiederkam, und sie schien viel unruhiger als sonst. Er erkannte daraus, daß ihr sein Anblick noch immer unerträglich war und ihr auch weiterhin unerträglich bleiben müsse, und daß sie sich wohl sehr überwinden mußte, vor dem Anblick auch nur der kleinen Partie seines Körpers nicht davonzulaufen, mit der er unter dem Kanapee hervorragte. Um ihr auch diesen Anblick zu ersparen, trug er eines Tages auf seinem Rücken – er brauchte zu dieser Arbeit vier Stunden – das Leintuch auf das Kanapee und ordnete es in einer solchen Weise an, daß er nun gänzlich verdeckt war, und daß die Schwester, selbst wenn sie sich bückte, ihn nicht sehen konnte. Wäre dieses Leintuch ihrer Meinung nach nicht nötig gewesen, dann hätte sie es ja entfernen können, denn daß es nicht zum Vergnügen Gregors gehören konnte, sich so ganz und gar abzusperren, war doch klar genug, aber sie ließ das Leintuch, so wie es war, und Gregor glaubte sogar einen dankbaren Blick erhascht zu haben, als er einmal mit dem Kopf vorsichtig das Leintuch ein wenig lüftete, um nachzusehen, wie die Schwester die neue Einrichtung aufnahm.

In den ersten vierzehn Tagen konnten es die Eltern nicht über sich bringen, zu ihm hereinzukommen, und er hörte oft, wie sie die jetzige Arbeit der Schwester völlig anerkannten, während sie sich bisher häufig über die Schwester geärgert hatten, weil sie ihnen als ein etwas nutzloses Mädchen erschienen war. Nun aber warteten oft beide, der Vater und die Mutter, vor Gregors Zimmer, während die Schwester dort aufräumte, und kaum war sie herausgekommen, mußte sie ganz genau erzählen, wie es in dem Zimmer aussah, was Gregor gegessen hatte, wie er sich diesmal benommen hatte, und ob vielleicht eine kleine Besserung zu bemerken war. Die Mutter übrigens wollte verhältnismäßig bald Gregor besuchen, aber der Vater und die Schwester hielten sie zuerst mit

Vernunftgründen zurück, denen Gregor sehr aufmerksam zu-
hörte, und die er vollständig billigte. Später aber mußte man
sie mit Gewalt zurückhalten, und wenn sie dann rief: »Laßt
mich doch zu Gregor, er ist ja mein unglücklicher Sohn! Be-
greift ihr es denn nicht, daß ich zu ihm muß?«, dann dachte
Gregor, daß es vielleicht doch gut wäre, wenn die Mutter he-
reinkäme, nicht jeden Tag natürlich, aber vielleicht einmal in
der Woche; sie verstand doch alles viel besser als die Schwester, die trotz all ihrem Mute doch nur ein Kind war und im
letzten Grunde vielleicht nur aus kindlichem Leichtsinn eine
so schwere Aufgabe übernommen hatte.

Der Wunsch Gregors, die Mutter zu sehen, ging bald in
Erfüllung. Während des Tages wollte Gregor schon aus
Rücksicht auf seine Eltern sich nicht beim Fenster zeigen,
kriechen konnte er aber auf den paar Quadratmetern des
Fußbodens auch nicht viel, das ruhige Liegen ertrug er schon
während der Nacht schwer, das Essen machte ihm bald nicht
mehr das geringste Vergnügen, und so nahm er zur Zerstreuung die Gewohnheit an, kreuz und quer über Wände und
Plafond zu kriechen. Besonders oben an der Decke hing er
gern; es war ganz anders, als das Liegen auf dem Fußboden;
man atmete freier; ein leichtes Schwingen ging durch den
Körper, und in der fast glücklichen Zerstreutheit, in der sich
Gregor dort oben befand, konnte es geschehen, daß er zu

seiner eigenen Überraschung sich losließ und auf den Boden klatschte. Aber nun hatte er natürlich seinen Körper ganz anders in der Gewalt als früher und beschädigte sich selbst bei einem so großen Falle nicht. Die Schwester nun bemerkte sofort die neue Unterhaltung, die Gregor für sich gefunden hatte – er hinterließ ja auch beim Kriechen hie und da Spuren seines Klebstoffes –, und da setzte sie es sich in den Kopf, Gregor das Kriechen in größtem Ausmaße zu ermöglichen und die Möbel, die es verhinderten, also vor allem den Kasten und den Schreibtisch, wegzuschaffen. Nun war sie aber nicht imstande, dies allein zu tun; den Vater wagte sie nicht um Hilfe zu bitten; das Dienstmädchen hätte ihr ganz gewiß nicht geholfen, denn dieses etwa sechzehnjährige Mädchen harrte zwar tapfer seit Entlassung der früheren Köchin aus, hatte aber um die Vergünstigung gebeten, die Küche unaufhörlich versperrt halten zu dürfen und nur auf besonderen Anruf öffnen zu müssen; so blieb der Schwester also nichts übrig, als einmal in Abwesenheit des Vaters die Mutter zu holen. Mit Ausrufen erregter Freude kam die Mutter auch heran, verstummte aber an der Tür vor Gregors Zimmer. Zuerst sah natürlich die Schwester nach, ob alles im Zimmer in Ordnung war; dann erst ließ sie die Mutter eintreten. Gregor hatte in größter Eile das Leintuch noch tiefer und mehr in Falten gezogen, das Ganze sah wirklich nur wie ein zufällig über das Kanapee geworfenes Leintuch aus. Gregor unterließ auch diesmal, unter dem Leintuch zu spionieren; er verzichtete darauf, die Mutter schon diesmal zu sehen, und war nur froh, daß sie nun doch gekommen war. »Komm nur, man sieht ihn nicht,« sagte die Schwester, und offenbar führte sie die Mutter an der Hand. Gregor hörte nun, wie die zwei schwachen Frauen den immerhin schweren alten Kasten von seinem Platze rückten, und wie die Schwester immerfort den größten Teil der Arbeit für sich beanspruchte, ohne auf die Warnungen der Mutter zu hören, welche fürchtete, daß sie sich überanstrengen werde. Es dauerte sehr lange. Wohl nach schon viertelstündiger Arbeit sagte die Mutter, man solle den Kasten doch lieber hier lassen, denn erstens sei er zu schwer, sie würden vor Ankunft des Vaters nicht fertig werden und mit dem Kasten in der Mitte des Zimmers Gregor jeden Weg verrammeln, zweitens aber sei es doch gar nicht sicher, daß Gregor mit der Entfernung der Möbel ein Gefallen geschehe. Ihr scheine das Gegenteil der Fall zu sein; ihr bedrücke der Anblick der leeren Wand geradezu das Herz; und warum solle nicht auch Gregor diese Empfindung haben, da er doch an die Zimmermöbel längst gewöhnt sei und sich deshalb im leeren Zimmer verlassen fühlen werde. »Und ist es dann nicht so,« schloß die Mutter ganz leise, wie sie überhaupt fast flüsterte, als wolle sie vermeiden, daß Gregor, dessen genauen Aufenthalt sie ja nicht kannte, auch nur den Klang der Stimme höre, denn daß er die Worte nicht verstand, davon war sie überzeugt, »und ist es nicht so, als ob wir durch die Entfernung der Möbel zeigten, daß wir jede Hoffnung auf Besserung aufgeben und ihn rücksichtslos sich selbst überlassen? Ich glaube, es wäre das beste, wir suchen das Zimmer genau in dem Zustand zu erhalten, in dem es früher war, damit Gregor, wenn er wieder zu uns zurückkommt, alles unverändert findet und um so leichter die Zwischenzeit vergessen kann.«

Beim Anhören dieser Worte der Mutter erkannte Gregor, daß der Mangel jeder unmittelbaren menschlichen Ansprache, verbunden mit dem einförmigen Leben inmitten der Familie, im Laufe dieser zwei Monate seinen Verstand hatte verwirren müssen, denn anders konnte er es sich nicht erklären, daß er ernsthaft darnach hatte verlangen können, daß sein Zimmer ausgeleert würde. Hatte er wirklich Lust, das warme, mit ererbten Möbeln gemütlich ausgestattete Zimmer in eine Höhle verwandeln zu lassen, in der er dann freilich nach allen Richtungen ungestört würde kriechen können, jedoch auch unter gleichzeitigem, schnellen, gänzlichen Vergessen seiner menschlichen Vergangenheit? War er doch jetzt schon nahe daran, zu vergessen, und nur die seit langem nicht gehörte Stimme der Mutter hatte ihn aufgerüttelt. Nichts sollte entfernt werden, alles mußte bleiben, die guten Einwirkungen der Möbel auf seinen Zustand konnte er nicht entbehren; und wenn die Möbel ihn hinderten, das sinnlose Herumkriechen zu betreiben, so war es kein Schaden, sondern ein großer Vorteil.

Aber die Schwester war leider anderer Meinung; sie hatte sich, allerdings nicht ganz unberechtigt, angewöhnt, bei Besprechung der Angelegenheiten Gregors als besonders Sachverständige gegenüber den Eltern aufzutreten, und so war auch jetzt der Rat der Mutter für die Schwester Grund genug, auf der Entfernung nicht nur des Kastens und des Schreibtisches, an die sie zuerst allein gedacht hatte, sondern auf der Entfernung sämtlicher Möbel, mit Ausnahme des unentbehrlichen Kanapees, zu bestehen. Es war natürlich nicht nur kindlicher Trotz und das in der letzten Zeit so unerwartet und schwer erworbene Selbstvertrauen, das sie zu dieser Forderung bestimmte; sie hatte doch auch tatsächlich beobachtet, daß Gregor viel Raum zum Kriechen brauchte, dagegen die Möbel, soweit man sehen konnte, nicht im geringsten benützte. Vielleicht aber spielte auch der schwärmerische Sinn der Mädchen ihres Alters mit, der bei jeder Gelegenheit seine Befriedigung sucht, und durch den Grete jetzt sich dazu verlocken ließ, die Lage Gregors noch schreckenerregender machen zu wollen, um dann noch mehr als bis jetzt für ihn leisten zu können. Denn in einem Raum, in dem Gregor ganz allein die leeren Wände beherrschte, würde wohl kein Mensch außer Grete jemals einzutreten sich getrauen.

Und so ließ sie sich von ihrem Entschlusse durch die Mutter nicht abbringen, die auch in diesem Zimmer vor lauter Unruhe unsicher schien, bald verstummte und der Schwester nach Kräften beim Hinausschaffen des Kastens half. Nun, den Kasten konnte Gregor im Notfall noch entbehren, aber schon der Schreibtisch mußte bleiben. Und kaum hatten die Frauen mit dem Kasten, an dem sie sich ächzend drückten, das Zimmer verlassen, als Gregor den Kopf unter dem Kanapee hervorstieß, um zu sehen, wie er vorsichtig und möglichst rücksichtsvoll eingreifen könnte. Aber zum Unglück war es gerade die Mutter, welche zuerst zurückkehrte, während Grete im Nebenzimmer den Kasten umfangen hielt und ihn allein hin und her schwang, ohne ihn natürlich von der Stelle zu bringen. Die Mutter aber war Gregors Anblick nicht gewöhnt, er hätte sie krank machen können, und so eilte Gregor erschrocken im Rückwärtslauf bis an das andere Ende des Kanapees, konnte es aber nicht mehr verhindern, daß das Leintuch vorne ein wenig sich bewegte. Das genügte, um die Mutter aufmerksam zu machen. Sie stockte, stand einen Augenblick still und ging dann zu Grete zurück.

Trotzdem sich Gregor immer wieder sagte, daß ja nichts Außergewöhnliches geschehe, sondern nur ein paar Möbel umgestellt würden, wirkte doch, wie er sich bald eingestehen mußte, dieses Hin- und Hergehen der Frauen, ihre kleinen Zurufe, das Kratzen der Möbel auf dem Boden, wie ein großer, von allen Seiten genährter Trubel auf ihn, und er mußte sich, so fest er Kopf und Beine an sich zog und den Leib bis an den Boden drückte, unweigerlich sagen, daß er das Ganze nicht lange aushalten werde. Sie räumten ihm sein Zimmer aus; nahmen ihm alles, was ihm lieb war; den Kasten, in dem die Laubsäge und andere Werkzeuge lagen, hatten sie schon hinausgetragen; lockerten jetzt den schon im Boden fest eingegrabenen Schreibtisch, an dem er als Handelsakademiker, als Bürgerschüler, ja sogar schon als Volksschüler seine Aufgaben geschrieben hatte, – da hatte er wirklich keine Zeit mehr, die guten Absichten zu prüfen, welche die zwei Frauen hatten, deren Existenz er übrigens fast vergessen hatte, denn vor Erschöpfung arbeiteten sie schon stumm, und man hörte nur das schwere Tappen ihrer Füße.

Und so brach er denn hervor – die Frauen stützten sich gerade im Nebenzimmer an den Schreibtisch, um ein wenig zu verschnaufen –, wechselte viermal die Richtung des Laufes, er wußte wirklich nicht, was er zuerst retten sollte, da sah er an der im übrigen schon leeren Wand auffallend das Bild der in lauter Pelzwerk gekleideten Dame hängen, kroch eilends hinauf und preßte sich an das Glas, das ihn festhielt und seinem heißen Bauch wohltat. Dieses Bild wenigstens, das Gregor jetzt ganz verdeckte, würde nun gewiß niemand wegnehmen. Er verdrehte den Kopf nach der Tür des Wohnzimmers, um die Frauen bei ihrer Rückkehr zu beobachten.

Sie hatten sich nicht viel Ruhe gegönnt und kamen schon wieder; Grete hatte den Arm um die Mutter gelegt und trug sie fast. »Also was nehmen wir jetzt?« sagte Grete und sah sich um, Da kreuzten sich ihre Blicke mit denen Gregors an der Wand. Wohl nur infolge der Gegenwart der Mutter behielt sie ihre Fassung, beugte ihr Gesicht zur Mutter, um diese vom Herumschauen abzuhalten, und sagte, allerdings zitternd und unüberlegt: »Komm, wollen wir nicht lieber auf einen Augenblick noch ins Wohnzimmer zurückgehen?« Die Absicht Gretes war für Gregor klar, sie wollte die Mutter in Sicherheit bringen und dann ihn von der Wand hinunterjagen. Nun, sie konnte es ja immerhin versuchen! Er saß auf seinem Bild und gab es nicht her. Lieber würde er Grete ins Gesicht springen.

Aber Gretes Worte hatten die Mutter erst recht beunruhigt, sie trat zur Seite, erblickte den riesigen braunen Fleck auf der geblümten Tapete, rief, ehe ihr eigentlich zum Bewußtsein kam, daß das Gregor war, was sie sah, mit schreiender, rauher Stimme: »Ach Gott, ach Gott!« und fiel mit ausgebreiteten Armen, als gebe sie alles auf, über das Kanapee hin und rührte sich nicht. »Du, Gregor!« rief die Schwester mit erhobener Faust und eindringlichen Blicken. Es waren seit der Verwandlung die ersten Worte, die sie unmittelbar an ihn gerichtet hatte. Sie lief ins Nebenzimmer, um irgendeine Essenz zu holen, mit der sie die Mutter aus ihrer Ohnmacht wecken könnte; Gregor wollte auch helfen – zur Rettung des Bildes war noch Zeit –; er klebte aber fest an dem Glas und mußte sich mit Gewalt losreißen; er lief dann auch ins Nebenzimmer, als könne er der Schwester irgendeinen Rat geben, wie in früherer Zeit; mußte aber dann untätig hinter ihr stehen; während sie in verschiedenen Fläschchen kramte, erschreckte sie noch, als sie sich umdrehte; eine Flasche fiel auf den Boden und zerbrach; ein Splitter verletzte Gregor im Gesicht, irgendeine ätzende Medizin umfloß ihn; Grete nahm nun, ohne sich länger aufzuhalten, so viele Fläschchen, als sie nur halten konnte, und rannte mit ihnen zur Mutter hinein; die Tür schlug sie mit dem Fuße zu. Gregor war nun von der Mutter abgeschlossen, die durch seine Schuld viel-leicht dem Tode nahe war; die Tür durfte er nicht öffnen, wollte er die Schwester, die bei der Mutter bleiben mußte, nicht verjagen; er hatte jetzt nichts zu tun, als zu warten; und von Selbstvorwürfen und Besorgnis bedrängt, begann er zu kriechen, überkroch alles, Wände, Möbel und Zimmerdecke und fiel endlich in seiner Verzweiflung, als sich das ganze

Zimmer schon um ihn zu drehen anfing, mitten auf den großen Tisch.

Es verging eine kleine Weile, Gregor lag matt da, ringsherum war es still, vielleicht war das ein gutes Zeichen. Da läutete es. Das Mädchen war natürlich in ihrer Küche eingesperrt und Grete mußte daher öffnen gehen. Der Vater war gekommen. »Was ist geschehen?« waren seine ersten Worte; Gretes Aussehen hatte ihm wohl alles verraten. Grete antwortete mit dumpfer Stimme, offenbar drückte sie ihr Gesicht an des Vaters Brust: »Die Mutter war ohnmächtig, aber es geht ihr schon besser. Gregor ist ausgebrochen.« »Ich habe es ja erwartet,« sagte der Vater, »ich habe es euch ja immer gesagt, aber ihr Frauen wollt nicht hören.« Gregor war es klar, daß der Vater Gretes allzukurze Mitteilung schlecht gedeutet hatte und annahm, daß Gregor sich irgendeine Gewalttat habe zuschulden kommen lassen. Deshalb mußte Gregor den Vater jetzt zu besänftigen suchen, denn ihn aufzuklären hatte er weder Zeit noch Möglichkeit. Und so flüchtete er sich zur Tür seines Zimmers und drückte sich an sie, damit der Vater beim Eintritt vom Vorzimmer her gleich sehen könne, daß Gregor die beste Absicht habe, sofort in sein Zimmer zurückzukehren, und daß es nicht nötig sei, ihn zurückzutreiben, sondern daß man nur die Tür zu öffnen brauchte, und gleich werde er verschwinden.

Aber der Vater war nicht in der Stimmung, solche Feinheiten zu bemerken. »Ah!« rief er gleich beim Eintritt in einem Tone, als sei er gleichzeitig wütend und froh. Gregor zog den Kopf von der Tür zurück und hob ihn gegen den Vater. So hatte er sich den Vater wirklich nicht vorgestellt, wie er jetzt dastand; allerdings hatte er in der letzten Zeit über dem neuartigen Herumkriechen versäumt, sich so wie früher um die Vorgänge in der übrigen Wohnung zu kümmern, und hätte eigentlich darauf gefaßt sein müssen, veränderte Verhältnisse anzutreffen. Trotzdem, trotzdem, war das noch der Vater? Der gleiche Mann, der müde im Bett vergraben lag, wenn früher Gregor zu einer Geschäftsreise ausgerückt war; der ihn an Abenden der Heimkehr im Schlafrock im Lehnstuhl empfangen hatte; gar nicht recht imstande war, aufzustehen, sondern zum Zeichen der Freude nur die Arme gehoben hatte, und der bei den seltenen gemeinsamen Spaziergängen an ein paar Sonntagen im Jahr und an den höchsten Feiertagen zwischen Gregor und der Mutter, die schon an und für sich langsam gingen, immer noch ein wenig langsamer, in seinen alten Mantel eingepackt, mit stets vorsichtig aufgesetztem Krückstock sich vorwärts arbeitete und, wenn er etwas sagen wollte, fast immer stillstand und seine Begleitung um sich versammelte? Nun aber war er doch gut aufgerichtet; in eine straffe blaue Uniform mit Goldknöpfen gekleidet, wie sie Diener der Bankinstitute tragen; über dem hohen steifen

Kragen des Rockes entwickelte sich sein starkes Doppel-kinn; unter den buschigen Augenbrauen drang der Blick der schwarzen Augen frisch und aufmerksam hervor; das sonst zerzauste weiße Haar war zu einer peinlich genauen, leucht-enden Scheitelfrisur niedergekämmt. Er warf seine Mütze, auf der ein Goldmonogramm, wahrscheinlich das einer Bank, angebracht war, über das ganze Zimmer im Bogen auf das Kanapee hin und ging, die Enden seines langen Uniformro-ckes zurückgeschlagen, die Hände in den Hosentaschen, mit verbissenem Gesicht auf Gregor zu. Er wußte wohl selbst nicht, was er vorhatte; immerhin hob er die Füße ungewöhn-lich hoch, und Gregor staunte über die Riesengröße seiner Stiefelsohlen. Doch hielt er sich dabei nicht auf, er wußte ja noch vom ersten Tage seines neuen Lebens her, daß der Vater ihm gegenüber nur die größte Strenge für angebracht ansah. Und so lief er vor dem Vater her, stockte, wenn der Vater stehen blieb, und eilte schon wieder vorwärts, wenn sich der Vater nur rührte. So machten sie mehrmals die Runde um das Zimmer, ohne daß sich etwas Entscheidendes ereignete, ja ohne daß das Ganze infolge seines langsamen Tempos den Anschein einer Verfolgung gehabt hätte. Deshalb blieb auch Gregor vorläufig auf dem Fußboden, zumal er fürchtete, der Vater könnte eine Flucht auf die Wände oder den Plafond für besondere Bosheit halten. Allerdings mußte sich Gregor sa-gen, daß er sogar dieses Laufen nicht lange aushalten würde, denn während der Vater einen Schritt machte, mußte er eine Unzahl von Bewegungen ausführen. Atemnot begann sich schon bemerkbar zu machen, wie er ja auch in seiner früheren Zeit keine ganz vertrauenswürdige Lunge besessen hatte. Als er nun so dahintorkelte, um alle Kräfte für den Lauf zu sammeln, kaum die Augen offenhielt; in seiner Stumpfheit an eine andere Rettung als durch Laufen gar nicht dachte; und fast schon vergessen hatte, daß ihm die Wände freistanden, die hier allerdings mit sorgfältig geschnitzten Möbeln voll Zacken und Spitzen verstellt waren – da flog knapp neben ihm, leicht geschleudert, irgend etwas nieder und rollte vor ihm her. Es war ein Apfel; gleich flog ihm ein zweiter nach; Gregor blieb vor Schrecken stehen; ein Weiterlaufen war nutzlos, denn der Vater hatte sich entschlossen, ihn zu bombardieren. Aus der Obstschale auf der Kredenz hatte er sich die Taschen gefüllt und warf nun, ohne vorläufig scharf zu zielen, Apfel für Apfel. Diese kleinen roten Äpfel rollten wie elektrisiert auf dem Boden herum und stießen aneinander. Ein schwach geworfener Apfel streifte Gregors Rücken, glitt aber unschädlich ab. Ein ihm sofort nachfliegender drang dagegen förmlich in Gregors Rücken ein; Gregor wollte sich weiterschleppen, als könne der überraschende unglaubliche Schmerz mit dem Ortswechsel vergehen; doch fühlte er sich wie festgenagelt und streckte sich in vollständiger Verwirrung aller Sinne. Nur mit dem letzten Blick sah

er noch, wie die Tür seines Zimmers aufgerissen wurde, und
vor der schreienden Schwester die Mutter hervoreilte, im
Hemd, denn die Schwester hatte sie entkleidet, um ihr in der
Ohnmacht Atemfreiheit zu verschaffen, wie dann die Mutter
auf den Vater zulief und ihr auf dem Weg die aufgebundenen
Röcke einer nach dem anderen zu Boden glitten, und wie
sie stolpernd über die Röcke auf den Vater eindrang und ihn
umarmend, in gänzlicher Vereinigung mit ihm – nun versag-
te aber Gregors Sehkraft schon – die Hände an des Vaters
Hinterkopf um Schonung von Gregors Leben bat.

- Kapitel 3 -

Die schwere Verwundung Gregors, an der er über einen Monat litt – der Apfel blieb, da ihn niemand zu entfernen wagte,
als sichtbares Andenken im Fleische sitzen –, schien selbst
den Vater daran erinnert zu haben, daß Gregor trotz seiner
gegenwärtigen traurigen und ekelhaften Gestalt ein Famili-
englied war, das man nicht wie einen Feind behandeln durfte,
sondern dem gegenüber es das Gebot der Familienpflicht
war, den Widerwillen hinunterzuschlucken und zu dulden,
nichts als dulden.

Und wenn nun auch Gregor durch seine Wunde an Be-
weglichkeit wahrscheinlich für immer verloren hatte und
vorläufig zur Durchquerung seines Zimmers wie ein alter
Invalide lange, lange Minuten brauchte – an das Kriechen in
der Höhe war nicht zu denken –, so bekam er für diese Ver-
schlimmerung seines Zustandes einen seiner Meinung nach
vollständig genügenden Ersatz dadurch, daß immer gegen
Abend die Wohnzimmertür, die er schon ein bis zwei Stunden vorher scharf zu beobachten pflegte, geöffnet wurde, so
daß er, im Dunkel seines Zimmers liegend, vom Wohnzimmer aus unsichtbar, die ganze Familie beim beleuchteten Tische sehen und ihre Reden, gewissermaßen mit allgemeiner

Erlaubnis, also ganz anders als früher, anhören durfte.

Freilich waren es nicht mehr die lebhaften Unterhaltungen der früheren Zeiten, an die Gregor in den kleinen Hotelzimmern stets mit einigem Verlangen gedacht hatte, wenn er sich müde in das feuchte Bettzeug hatte werfen müssen. Es ging jetzt meist nur sehr still zu. Der Vater schlief bald nach dem Nachtessen in seinem Sessel ein; die Mutter und Schwester ermahnten einander zur Stille; die Mutter nähte, weit über das Licht vorgebeugt, feine Wäsche für ein Modengeschäft; die Schwester, die eine Stellung als Verkäuferin angenommen hatte, lernte am Abend Stenographie und Französisch, um vielleicht später einmal einen besseren Posten zu erreichen. Manchmal wachte der Vater auf, und als wisse er gar nicht, daß er geschlafen habe, sagte er zur Mutter: »Wie lange du heute schon wieder nähst!« und schlief sofort wieder ein, während Mutter und Schwester einander müde zulächelten.

Mit einer Art Eigensinn weigerte sich der Vater, auch zu Hause seine Dieneruniform abzulegen; und während der Schlafrock nutzlos am Kleiderhaken hing, schlummerte der Vater vollständig angezogen auf seinem Platz, als sei er immer zu seinem Dienste bereit und warte auch hier auf die Stimme des Vorgesetzten. Infolgedessen verlor die gleich anfangs nicht neue Uniform trotz aller Sorgfalt von Mutter und Schwester an Reinlichkeit, und Gregor sah oft ganze

Abende lang auf dieses über und über fleckige, mit seinen stets geputzten Goldknöpfen leuchtende Kleid, in dem der alte Mann höchst unbequem und doch ruhig schlief.

Sobald die Uhr zehn schlug, suchte die Mutter durch leise Zusprache den Vater zu wecken und dann zu überreden, ins Bett zu gehen, denn hier war es doch kein richtiger Schlaf und diesen hatte der Vater, der um sechs Uhr seinen Dienst antreten mußte, äußerst nötig. Aber in dem Eigensinn, der ihn, seitdem er Diener war, ergriffen hatte, bestand er immer darauf, noch länger bei Tisch zu bleiben, trotzdem er regelmäßig einschlief, und war dann überdies nur mit der größten Mühe zu bewegen, den Sessel mit dem Bett zu vertauschen. Da mochten Mutter und Schwester mit kleinen Ermahnungen noch so sehr auf ihn eindringen, viertelstundenlang schüttelte er langsam den Kopf, hielt die Augen geschlossen und stand nicht auf. Die Mutter zupfte ihn am Ärmel, sagte ihm Schmeichelworte ins Ohr, die Schwester verließ ihre Aufgabe, um der Mutter zu helfen, aber beim Vater verfing das nicht. Er versank nur noch tiefer in seinen Sessel. Erst bis ihn die Frauen unter den Achseln faßten, schlug er die Augen auf, sah abwechselnd die Mutter und die Schwester an und pflegte zu sagen: »Das ist ein Leben. Das ist die Ruhe meiner alten Tage.« Und auf die beiden Frauen gestützt, erhob er sich, umständlich, als sei er für sich selbst die größte

Last, ließ sich von den Frauen bis zur Türe führen, winkte
ihnen dort ab und ging nun selbständig weiter, während die
Mutter ihr Nähzeug, die Schwester ihre Feder eiligst hinwar-
fen, um hinter dem Vater zu laufen und ihm weiter behilflich
zu sein.

Wer hatte in dieser abgearbeiteten und übermüdeten Familie
Zeit, sich um Gregor mehr zu kümmern, als unbedingt nötig
war? Der Haushalt wurde immer mehr eingeschränkt; das
Dienstmädchen wurde nun doch entlassen; eine riesige kno-
chige Bedienerin mit weißem, den Kopf umflatterndem Haar
kam des Morgens und des Abends, um die schwerste Arbeit
zu leisten; alles andere besorgte die Mutter neben ihrer vielen
Näharbeit. Es geschah sogar, daß verschiedene Familien-
schmuckstücke, welche früher die Mutter und die Schwester
überglücklich bei Unterhaltungen und Feierlichkeiten ge-
tragen hatten, verkauft wurden, wie Gregor am Abend aus
der allgemeinen Besprechung der erzielten Preise erfuhr. Die
größte Klage war aber stets, daß man diese für die gegenwärtigen Verhältnisse allzugroße Wohnung nicht verlassen
konnte, da es nicht auszudenken war, wie man Gregor über-
siedeln sollte. Aber Gregor sah wohl ein, daß es nicht nur die
Rücksicht auf ihn war, welche eine Übersiedlung verhinderte,
denn ihn hätte man doch in einer passenden Kiste mit ein
paar Luftlöchern leicht transportieren können; was die Fa-

milie hauptsächlich vom Wohnungswechsel abhielt, war viel-
mehr die völlige Hoffnungslosigkeit und der Gedanke daran,
daß sie mit einem Unglück geschlagen war, wie niemand
sonst im ganzen Verwandten- und Bekanntenkreis. Was die
Welt von armen Leuten verlangt, erfüllten sie bis zum äuss-
ersten, der Vater holte den kleinen Bankbeamten das Frühstück, die Mutter opferte sich für die Wäsche fremder Leute,
die Schwester lief nach dem Befehl der Kunden hinter dem
Pulte hin und her, aber weiter reichten die Kräfte der Familie
schon nicht. Und die Wunde im Rücken fing Gregor wie neu
zu schmerzen an, wenn Mutter und Schwester, nachdem sie
den Vater zu Bett gebracht hatten, nun zurückkehrten, die
Arbeit liegen ließen, nahe zusammenrückten, schon Wange
an Wange saßen; wenn jetzt die Mutter, auf Gregors Zimmer
zeigend, sagte: »Mach' dort die Tür zu, Grete,« und wenn
nun Gregor wieder im Dunkel war, während nebenan die
Frauen ihre Tränen vermischten oder gar tränenlos den Tisch
anstarrten.

Die Nächte und Tage verbrachte Gregor fast ganz ohne
Schlaf. Manchmal dachte er daran, beim nächsten Öffnen
der Tür die Angelegenheiten der Familie ganz so wie früher
wieder in die Hand zu nehmen; in seinen Gedanken erschienen wieder nach langer Zeit der Chef und der Prokurist,
die Kommis und die Lehrjungen, der so begriffsstützige

Hausknecht, zwei drei Freunde aus anderen Geschäften, ein Stubenmädchen aus einem Hotel in der Provinz, eine liebe, flüchtige Erinnerung, eine Kassiererin aus einem Hutgeschäft, um die er sich ernsthaft, aber zu langsam beworben hatte – sie alle erschienen untermischt mit Fremden oder schon Vergessenen, aber statt ihm und seiner Familie zu helfen, waren sie sämtlich unzugänglich, und er war froh, wenn sie verschwanden. Dann aber war er wieder gar nicht in der Laune, sich um seine Familie zu sorgen, bloß Wut über die schlechte Wartung erfüllte ihn, und trotzdem er sich nichts vorstellen konnte, worauf er Appetit gehabt hätte, machte er doch Pläne, wie er in die Speisekammer gelangen könnte, um dort zu nehmen, was ihm, auch wenn er keinen Hunger hatte, immerhin gebührte. Ohne jetzt mehr nachzudenken, womit man Gregor einen besonderen Gefallen machen könnte, schob die Schwester eiligst, ehe sie morgens und mittags ins Geschäft lief, mit dem Fuß irgendeine beliebige Speise in Gregors Zimmer hinein, um sie am Abend, gleichgültig dagegen, ob die Speise vielleicht nur gekostet oder – der häufigste Fall – gänzlich unberührt war, mit einem Schwenken des Besens hinauszukehren. Das Aufräumen des Zimmers, das sie nun immer abends besorgte, konnte gar nicht mehr schneller getan sein. Schmutzstreifen zogen sich die Wände entlang, hie und da lagen Knäuel von Staub und Unrat. In der ersten Zeit stellte sich Gregor bei der Ankunft der Schwester in derartige besonders bezeichnende Winkel, um ihr durch diese Stellung gewissermaßen einen Vorwurf zu machen. Aber er hätte wohl wochenlang dort bleiben können, ohne daß sich die Schwester gebessert hätte; sie sah ja den Schmutz genau so wie er, aber sie hatte sich eben entschlossen, ihn zu lassen. Dabei wachte sie mit einer an ihr ganz neuen Empfindlichkeit, die überhaupt die ganze Familie ergriffen hatte, darüber, daß das Aufräumen von Gregors Zimmer ihr vorbehalten blieb. Einmal hatte die Mutter Gregors Zimmer einer großen Reinigung unterzogen, die ihr nur nach Verbrauch einiger Kübel Wasser gelungen war – die viele Feuchtigkeit kränkte allerdings Gregor auch und er lag breit, verbittert und unbeweglich auf dem Kanapee –, aber die Strafe blieb für die Mutter nicht aus. Denn kaum hatte am Abend die Schwester die Veränderung in Gregors Zimmer bemerkt, als sie, aufs höchste beleidigt, ins Wohnzimmer lief und, trotz der beschwörend erhobenen Hände der Mutter, in einen Weinkrampf ausbrach, dem die Eltern – der Vater war natürlich aus seinem Sessel aufgeschreckt worden – zuerst erstaunt und hilflos zusahen; bis auch sie sich zu rühren anfingen; der Vater rechts der Mutter Vorwürfe machte, daß sie Gregors Zimmer nicht der Schwester zur Reinigung überließ; links dagegen die Schwester anschrie, sie werde niemals mehr Gregors Zimmer reinigen dürfen; während die Mutter den Vater, der sich vor Erregung nicht mehr kannte, ins Schlafzimmer zu schleppen suchte; die Schwester, von Schluchzen geschüttelt, mit ihren kleinen Fäusten den Tisch bearbeitete; und Gregor laut vor Wut darüber zischte, daß es keinem einfiel, die Tür zu schließen und ihm diesen Anblick und Lärm zu ersparen.

Aber selbst wenn die Schwester, erschöpft von ihrer Berufsarbeit, dessen überdrüssig geworden war, für Gregor, wie früher, zu sorgen, so hätte noch keineswegs die Mutter für sie eintreten müssen und Gregor hätte doch nicht vernachlässigt zu werden brauchen. Denn nun war die Bedienerin da. Diese alte Witwe, die in ihrem langen Leben mit Hilfe ihres starken Knochenbaues das Ärgste überstanden haben mochte, hatte keinen eigentlichen Abscheu vor Gregor. Ohne irgendwie neugierig zu sein, hatte sie zufällig einmal die Tür von Gregors Zimmer aufgemacht und war im Anblick Gregors, der, gänzlich überrascht, trotzdem ihn niemand jagte, hin- und herzulaufen begann, die Hände im Schoß gefaltet staunend stehen geblieben. Seitdem versäumte sie nicht, stets flüchtig morgens und abends die Tür ein wenig zu öffnen und zu Gregor hineinzuschauen. Anfangs rief sie ihn auch zu sich herbei, mit Worten, die sie wahrscheinlich für freundlich hielt, wie »Komm mal herüber, alter Mistkäfer!« oder »Seht mal den alten Mistkäfer!« Auf solche Ansprachen antwortete Gregor mit nichts, sondern blieb unbeweglich auf seinem

Platz, als sei die Tür gar nicht geöffnet worden. Hätte man doch dieser Bedienerin, statt sie nach ihrer Laune ihn nutzlos stören zu lassen, lieber den Befehl gegeben, sein Zimmer täglich zu reinigen! Einmal am frühen Morgen – ein heftiger Regen, vielleicht schon ein Zeichen des kommenden Frühjahrs, schlug an die Scheiben – war Gregor, als die Bedienerin mit ihren Redensarten wieder begann, derartig erbittert, daß er, wie zum Angriff, allerdings langsam und hinfällig, sich gegen sie wendete. Die Bedienerin aber, statt sich zu fürchten, hob bloß einen in der Nähe der Tür befindlichen Stuhl hoch empor, und wie sie mit groß geöffnetem Munde dastand, war ihre Absicht klar, den Mund erst zu schließen, wenn der Sessel in ihrer Hand auf Gregors Rücken niederschlagen würde. »Also weiter geht es nicht?« fragte sie, als Gregor sich wieder umdrehte, und stellte den Sessel ruhig in die Ecke zurück.

Gregor aß nun fast gar nichts mehr. Nur wenn er zufällig an der vorbereiteten Speise vorüberkam, nahm er zum Spiel einen Bissen in den Mund, hielt ihn dort stundenlang und spie ihn dann meist wieder aus. Zuerst dachte er, es sei die Trauer über den Zustand seines Zimmers, die ihn vom Essen abhalte, aber gerade mit den Veränderungen des Zimmers söhnte er sich sehr bald aus. Man hatte sich angewöhnt, Dinge, die man anderswo nicht unterbringen konnte, in dieses Zimmer hineinzustellen, und solcher Dinge gab es nun viele, da man

ein Zimmer der Wohnung an drei Zimmerherren vermietet
hatte. Diese ernsten Herren, – alle drei hatten Vollbärte, wie
Gregor einmal durch eine Türspalte feststellte – waren peinlich auf Ordnung, nicht nur in ihrem Zimmer, sondern, da
sie sich nun einmal hier eingemietet hatten, in der ganzen
Wirtschaft, also insbesondere in der Küche, bedacht. Unnüt-
zen oder gar schmutzigen Kram ertrugen sie nicht. Überdies
hatten sie zum größten Teil ihre eigenen Einrichtungsstücke
mitgebracht. Aus diesem Grunde waren viele Dinge über-
flüssig geworden, die zwar nicht verkäuflich waren, die man
aber auch nicht wegwerfen wollte. Alle diese wanderten in
Gregors Zimmer. Ebenso auch die Aschenkiste und die Ab-
fallkiste aus der Küche. Was nur im Augenblick unbrauchbar
war, schleuderte die Bedienerin, die es immer sehr eilig hatte,
einfach in Gregors Zimmer; Gregor sah glücklicherweise
meist nur den betreffenden Gegenstand und die Hand, die
ihn hielt. Die Bedienerin hatte vielleicht die Absicht, bei Zeit
und Gelegenheit die Dinge wieder zu holen oder alle insge-
samt mit einemmal hinauszuwerfen, tatsächlich aber blieben
sie dort liegen, wohin sie durch den ersten Wurf gekommen
waren, wenn nicht Gregor sich durch das Rumpelzeug wand
und es in Bewegung brachte, zuerst gezwungen, weil kein
sonstiger Platz zum Kriechen frei war, später aber mit wach-
sendem Vergnügen, obwohl er nach solchen Wanderungen,
zum Sterben müde und traurig, wieder stundenlang sich

nicht rührte.

Da die Zimmerherren manchmal auch ihr Abendessen zu Hause im gemeinsamen Wohnzimmer einnahmen, blieb die Wohnzimmertür an manchen Abenden geschlossen, aber Gregor verzichtete ganz leicht auf das Öffnen der Tür, hatte er doch schon manche Abende, an denen sie geöffnet war, nicht ausgenützt, sondern war, ohne daß es die Familie merkte, im dunkelsten Winkel seines Zimmers gelegen. Einmal aber hatte die Bedienerin die Tür zum Wohnzimmer ein wenig offen gelassen, und sie blieb so offen, auch als die Zimmerherren am Abend eintraten und Licht gemacht wurde. Sie setzten sich oben an den Tisch, wo in früheren Zeiten der Vater, die Mutter und Gregor gesessen hatten, entfalteten die Servietten und nahmen Messer und Gabel in die Hand. Sofort erschien in der Tür die Mutter mit einer Schüssel Fleisch und knapp hinter ihr die Schwester mit einer Schüssel hochgeschichteter Kartoffeln. Das Essen dampfte mit starkem Rauch. Die Zimmerherren beugten sich über die vor sie hingestellten Schüsseln, als wollten sie sie vor dem Essen prüfen, und tatsächlich zerschnitt der, welcher in der Mitte saß und den anderen zwei als Autorität zu gelten schien, ein Stück Fleisch noch auf der Schüssel, offenbar um festzustellen, ob es mürbe genug sei und ob es nicht etwa in die Küche zurückgeschickt werden solle. Er war befriedigt, und Mutter und Schwester, die gespannt zugesehen hatten, begannen aufatmend zu lächeln.

Die Familie selbst aß in der Küche. Trotzdem kam der Vater, ehe er in die Küche ging, in dieses Zimmer herein und machte mit einer einzigen Verbeugung, die Kappe in der Hand, einen Rundgang um den Tisch. Die Zimmerherren erhoben sich sämtlich und murmelten etwas in ihre Bärte. Als sie dann allein waren, aßen sie fast unter vollkommenem Stillschweigen. Sonderbar schien es Gregor, daß man aus allen mannigfachen Geräuschen des Essens immer wieder ihre kauenden Zähne heraushörte, als ob damit Gregor gezeigt werden sollte, daß man Zähne brauche, um zu essen, und daß man auch mit den schönsten zahnlosen Kiefern nichts ausrichten könne. »Ich habe ja Appetit,« sagte sich Gregor sorgenvoll, »aber nicht auf diese Dinge. Wie sich diese Zimmerherren nähren, und ich komme um!«

Gerade an diesem Abend – Gregor erinnerte sich nicht, während der ganzen Zeit die Violine gehört zu haben – ertönte sie von der Küche her. Die Zimmerherren hatten schon ihr Nachtmahl beendet, der mittlere hatte eine Zeitung hervorgezogen, den zwei anderen je ein Blatt gegeben, und nun lasen sie zurückgelehnt und rauchten. Als die Violine zu spielen begann, wurden sie aufmerksam, erhoben sich und gingen auf den Fußspitzen zur Vorzimmertür, in der sie aneinandergedrängt stehen blieben. Man mußte sie von der Küche aus gehört haben, denn der Vater rief: »Ist den Herren das Spiel vielleicht unangenehm? Es kann sofort eingestellt werden.« »Im Gegenteil,« sagte der mittlere der Herren, »möchte das Fräulein nicht zu uns hereinkommen und hier im Zimmer spielen, wo es doch viel bequemer und gemütlicher ist?« »O bitte,« rief der Vater, als sei er der Violinspieler. Die Herren traten ins Zimmer zurück und warteten. Bald kam der Vater mit dem Notenpult, die Mutter mit den Noten und die Schwester mit der Violine. Die Schwester bereitete alles ruhig zum Spiele vor; die Eltern, die niemals früher Zimmer vermietet hatten und deshalb die Höflichkeit gegen die Zimmerherren übertrieben, wagten gar nicht, sich auf ihre eigenen Sessel zu setzen; der Vater lehnte an der Tür, die rechte Hand zwischen zwei Knöpfe des geschlossenen Livreerockes gesteckt; die Mutter aber erhielt von einem Herrn einen Sessel angeboten und saß, da sie den Sessel dort ließ, wohin ihn der Herr zufällig gestellt hatte, abseits in einem Winkel.

Die Schwester begann zu spielen; Vater und Mutter verfolgten, jeder von seiner Seite, aufmerksam die Bewegungen ihrer Hände. Gregor hatte, von dem Spiele angezogen, sich ein wenig weiter vorgewagt und war schon mit dem Kopf im Wohnzimmer. Er wunderte sich kaum darüber, daß er in letzter Zeit so wenig Rücksicht auf die andern nahm; früher war diese Rücksichtnahme sein Stolz gewesen. Und dabei hätte er gerade jetzt mehr Grund gehabt, sich zu verstecken, denn infolge des Staubes, der in seinem Zimmer überall lag und bei der kleinsten Bewegung umherflog, war auch er ganz staubbedeckt; Fäden, Haare, Speiseüberreste schleppte er auf seinem Rücken und an den Seiten mit sich herum; seine Gleichgültigkeit gegen alles war viel zu groß, als daß er sich, wie früher mehrmals während des Tages, auf den Rücken gelegt und am Teppich gescheuert hätte. Und trotz dieses Zustandes hatte er keine Scheu, ein Stück auf dem makellosen Fußboden des Wohnzimmers vorzurücken.

Allerdings achtete auch niemand auf ihn. Die Familie war gänzlich vom Violinspiel in Anspruch genommen; die Zimmerherren dagegen, die zunächst, die Hände in den Hosentaschen, viel zu nahe hinter dem Notenpult der Schwester sich aufgestellt hatten, so daß sie alle in die Noten hätte sehen können, was sicher die Schwester stören mußte, zogen sich bald unter halblauten Gesprächen mit gesenkten Köpfen zum Fenster zurück, wo sie, vom Vater besorgt beobachtet, auch blieben. Es hatte nun wirklich den überdeutlichen Anschein, als wären sie in ihrer Annahme, ein schönes oder unterhaltendes Violinspiel zu hören, enttäuscht, hätten die ganze Vorführung satt und ließen sich nur aus Höflichkeit noch in ihrer Ruhe stören. Besonders die Art, wie sie alle aus

Nase und Mund den Rauch ihrer Zigarren in die Höhe blie-
sen, ließ auf große Nervosität schließen. Und doch spielte die
Schwester so schön. Ihr Gesicht war zur Seite geneigt, prü-
fend und traurig folgten ihre Blicke den Notenzeilen. Gregor
kroch noch ein Stück vorwärts und hielt den Kopf eng an
den Boden, um möglicherweise ihren Blicken begegnen zu
können. War er ein Tier, da ihn Musik so ergriff? Ihm war,
als zeige sich ihm der Weg zu der ersehnten unbekannten
Nahrung. Er war entschlossen, bis zur Schwester vorzudrin-
gen, sie am Rock zu zupfen und ihr dadurch anzudeuten, sie
möge doch mit ihrer Violine in sein Zimmer kommen, denn
niemand lohnte hier das Spiel so, wie er es lohnen wollte. Er
wollte sie nicht mehr aus seinem Zimmer lassen, wenigstens
nicht, solange er lebte; seine Schreckgestalt sollte ihm zum
erstenmal nützlich werden; an allen Türen seines Zimmers
wollte er gleichzeitig sein und den Angreifern entgegenfau-
chen; die Schwester aber sollte nicht gezwungen, sondern
freiwillig bei ihm bleiben; sie sollte neben ihm auf dem Kanapee sitzen, das Ohr zu ihm herunterneigen, und er wollte
ihr dann anvertrauen, daß er die feste Absicht gehabt habe,
sie auf das Konservatorium zu schicken, und daß er dies,
wenn nicht das Unglück dazwischen gekommen wäre, ver-
gangene Weihnachten – Weihnachten war doch wohl schon
vorüber? – allen gesagt hätte, ohne sich um irgendwelche
Widerreden zu kümmern. Nach dieser Erklärung würde die

Schwester in Tränen der Rührung ausbrechen, und Gregor würde sich bis zu ihrer Achsel erheben und ihren Hals küssen, den sie, seitdem sie ins Geschäft ging, frei ohne Band oder Kragen trug.

»Herr Samsa!« rief der mittlere Herr dem Vater zu und zeigte, ohne ein weiteres Wort zu verlieren, mit dem Zeigefinger auf den langsam sich vorwärtsbewegenden Gregor. Die Violine verstummte, der mittlere Zimmerherr lächelte erst einmal kopfschüttelnd seinen Freunden zu und sah dann wieder auf Gregor hin. Der Vater schien es für nötiger zu halten, statt Gregor zu vertreiben, vorerst die Zimmerherren zu beruhigen, trotzdem diese gar nicht aufgeregt waren und Gregor sie mehr als das Violinspiel zu unterhalten schien. Er eilte zu ihnen und suchte sie mit ausgebreiteten Armen in ihr Zimmer zu drängen und gleichzeitig mit seinem Körper ihnen den Ausblick auf Gregor zu nehmen. Sie wurden nun tatsächlich ein wenig böse, man wußte nicht mehr, ob über das Benehmen des Vaters oder über die ihnen jetzt aufgehende Erkenntnis, ohne es zu wissen, einen solchen Zimmernachbar wie Gregor besessen zu haben. Sie verlangten vom Vater Erklärungen, hoben ihrerseits die Arme, zupften unruhig an ihren Bärten und wichen nur langsam gegen ihr Zimmer zurück. Inzwischen hatte die Schwester die Verlorenheit, in die sie nach dem plötzlich abgebrochenen Spiel verfallen war, überwunden, hatte sich, nachdem sie eine Zeitlang in den lässig hängenden Händen Violine und Bogen gehalten und weiter, als spiele sie noch, in die Noten gesehen hatte, mit einem Male aufgerafft, hatte das Instrument auf den Schoß der Mutter gelegt, die in Atembeschwerden mit heftig arbeitenden Lungen noch auf ihrem Sessel saß, und war in das Nebenzimmer gelaufen, dem sich die Zimmerherren unter dem Drängen des Vaters schon schneller näherten. Man sah, wie unter den geübten Händen der Schwester die Decken und Polster in den Betten in die Höhe flogen und sich ordneten. Noch ehe die Herren das Zimmer erreicht hatten, war sie mit dem Aufbetten fertig und schlüpfte heraus. Der Vater schien wieder von seinem Eigensinn derartig ergriffen, daß er jeden Respekt vergaß, den er seinen Mietern immerhin schuldete. Er drängte nur und drängte, bis schon in der Tür des Zimmers der mittlere der Herren donnernd mit dem Fuß aufstampfte und dadurch den Vater zum Stehen brachte. »Ich erkläre hiermit,« sagte er, hob die Hand und suchte mit den Blicken auch die Mutter und die Schwester, »daß ich mit Rücksicht auf die in dieser Wohnung und Familie herrschenden widerlichen Verhältnisse« – hierbei spie er kurz entschlossen auf den Boden – »mein Zimmer augenblicklich kündige. Ich werde natürlich auch für die Tage, die ich hier gewohnt habe, nicht das Geringste bezahlen, dagegen werde ich es mir noch überlegen, ob ich nicht mit irgendwelchen –

glauben Sie mir – sehr leicht zu begründenden Forderungen gegen Sie auftreten werde.« Er schwieg und sah gerade vor sich hin, als erwarte er etwas. Tatsächlich fielen sofort seine zwei Freunde mit den Worten ein: »Auch wir kündigen augenblicklich.« Darauf faßte er die Türklinke und schloß mit einem Krach die Tür.

Der Vater wankte mit tastenden Händen zu seinem Sessel und ließ sich hineinfallen; es sah aus, als strecke er sich zu seinem gewöhnlichen Abendschläfchen, aber das starke Nicken seines wie haltlosen Kopfes zeigte, daß er ganz und gar nicht schlief. Gregor war die ganze Zeit still auf dem Platz gelegen, auf dem ihn die Zimmerherren ertappt hatten. Die Enttäuschung über das Mißlingen seines Planes, vielleicht aber auch die durch das viele Hungern verursachte Schwäche machten es ihm unmöglich, sich zu bewegen. Er fürchtete mit einer gewissen Bestimmtheit schon für den nächsten Augenblick einen allgemeinen über ihn sich entladenden Zusammensturz und wartete. Nicht einmal die Violine schreckte ihn auf, die, unter den zitternden Fingern der Mutter hervor, ihr vom Schoße fiel und einen hallenden Ton von sich gab.

»Liebe Eltern,« sagte die Schwester und schlug zur Einleitung mit der Hand auf den Tisch, »so geht es nicht weiter. Wenn ihr das vielleicht nicht einseht, ich sehe es ein. Ich will vor diesem Untier nicht den Namen meines Bruders aussprechen und sage daher bloß: wir müssen versuchen es loszuwerden. Wir haben das Menschenmögliche versucht, es zu pflegen und zu dulden, ich glaube, es kann uns niemand den geringsten Vorwurf machen.«

»Sie hat tausendmal recht,« sagte der Vater für sich. Die Mutter, die noch immer nicht genug Atem finden konnte, fing mit einem irrsinnigen Ausdruck der Augen dumpf in die vorgehaltene Hand zu husten an.

Die Schwester eilte zur Mutter und hielt ihr die Stirn. Der Vater schien durch die Worte der Schwester auf bestimmtere Gedanken gebracht zu sein, hatte sich aufrecht gesetzt, spielte mit seiner Dienermütze zwischen den Tellern, die noch vom Nachtmahl der Zimmerherren her auf dem Tische standen, und sah bisweilen auf den stillen Gregor hin.

»Wir müssen es loszuwerden suchen,« sagte die Schwester nun ausschließlich zum Vater, denn die Mutter hörte in ihrem Husten nichts, »es bringt euch noch beide um, ich sehe es kommen. Wenn man schon so schwer arbeiten muß, wie wir alle, kann man nicht noch zu Hause diese ewige Quälerei ertragen. Ich kann es auch nicht mehr.« Und sie brach so heftig in Weinen aus, daß ihre Tränen auf das Gesicht der Mutter niederflossen, von dem sie sie mit mechanischen

Handbewegungen wischte.

»Kind,« sagte der Vater mitleidig und mit auffallendem Verständnis, »was sollen wir aber tun?«

Die Schwester zuckte nur die Achseln zum Zeichen der Ratlosigkeit, die sie nun während des Weinens im Gegensatz zu ihrer früheren Sicherheit ergriffen hatte.

»Wenn er uns verstünde,« sagte der Vater halb fragend; die Schwester schüttelte aus dem Weinen heraus heftig die Hand zum Zeichen, daß daran nicht zu denken sei.

»Wenn er uns verstünde,« wiederholte der Vater und nahm durch Schließen der Augen die Überzeugung der Schwester von der Unmöglichkeit dessen in sich auf, »dann wäre vielleicht ein Übereinkommen mit ihm möglich. Aber so –«

»Weg muß es,« rief die Schwester, »das ist das einzige Mittel, Vater. Du mußt bloß den Gedanken loszuwerden suchen, daß es Gregor ist. Daß wir es so lange geglaubt haben, das ist ja unser eigentliches Unglück. Aber wie kann es denn Gregor sein? Wenn es Gregor wäre, er hätte längst eingesehen, daß ein Zusammenleben von Menschen mit einem solchen Tier nicht möglich ist, und wäre freiwillig fortgegangen. Wir hätten dann keinen Bruder, aber könnten weiter leben und sein Andenken in Ehren halten. So aber verfolgt uns dieses Tier, vertreibt die Zimmerherren, will offenbar die ganze Wohnung einnehmen und uns auf der Gasse übernachten lassen. Sieh nur, Vater,« schrie sie plötzlich auf, »er fängt schon wieder an!« Und in einem für Gregor gänzlich unverständlichen Schrecken verließ die Schwester sogar die Mutter, stieß sich förmlich von ihrem Sessel ab, als wollte sie lieber die Mutter opfern, als in Gregors Nähe bleiben, und eilte hinter den Vater, der, lediglich durch ihr Benehmen erregt, auch aufstand und die Arme wie zum Schutze der Schwester vor ihr halb erhob.

Aber Gregor fiel es doch gar nicht ein, irgend jemandem und gar seiner Schwester Angst machen zu wollen. Er hatte bloß angefangen sich umzudrehen, um in sein Zimmer zurückzuwandern, und das nahm sich allerdings auffallend aus, da er infolge seines leidenden Zustandes bei den schwierigen Umdrehungen mit seinem Kopfe nachhelfen mußte, den er hierbei viele Male hob und gegen den Boden schlug. Er hielt inne und sah sich um. Seine gute Absicht schien erkannt worden zu sein; es war nur ein augenblicklicher Schrecken gewesen. Nun sahen ihn alle schweigend und traurig an. Die Mutter lag, die Beine ausgestreckt und aneinandergedrückt, in ihrem Sessel, die Augen fielen ihr vor Ermattung fast zu; der Vater und die Schwester saßen nebeneinander, die Schwester hatte ihre Hand um des Vaters Hals gelegt.

»Nun darf ich mich schon vielleicht umdrehen,« dachte Gre-

gor und begann seine Arbeit wieder. Er konnte das Schnauf-
en der Anstrengung nicht unterdrücken und mußte auch hie
und da ausruhen. Im übrigen drängte ihn auch niemand, es
war alles ihm selbst überlassen. Als er die Umdrehung voll-
endet hatte, fing er sofort an, geradeaus zurückzuwandern. Er
staunte über die große Entfernung, die ihn von seinem Zimmer trennte, und begriff gar nicht, wie er bei seiner Schwäche
vor kurzer Zeit den gleichen Weg, fast ohne es zu merken,
zurückgelegt hatte. Immerfort nur auf rasches Kriechen bedacht, achtete er kaum darauf, daß kein Wort, kein Ausruf
seiner Familie ihn störte. Erst als er schon in der Tür war,
wendete er den Kopf, nicht, vollständig, denn er fühlte den
Hals steif werden, immerhin sah er noch, daß sich hinter ihm
nichts verändert hatte, nur die Schwester war aufgestanden.
Sein letzter Blick streifte die Mutter, die nun völlig einge-
schlafen war.

Kaum war er innerhalb seines Zimmers, wurde die Tür eiligst
zugedrückt, festgeriegelt und versperrt. Über den plötzlichen
Lärm hinter sich erschrak Gregor so, daß ihm die Beinchen
einknickten. Es war die Schwester, die sich so beeilt hatte.
Aufrecht war sie schon da gestanden und hatte gewartet,
leichtfüßig war sie dann vorwärtsgesprungen, Gregor hatte
sie gar nicht kommen hören, und ein »Endlich!« rief sie den
Eltern zu, während sie den Schlüssel im Schloß umdrehte.

»Und jetzt?« fragte sich Gregor und sah sich im Dunkeln um. Er machte bald die Entdeckung, daß er sich nun überhaupt nicht mehr rühren konnte. Er wunderte sich darüber nicht, eher kam es ihm unnatürlich vor, daß er sich bis jetzt tatsächlich mit diesen dünnen Beinchen hatte fortbewegen können. Im übrigen fühlte er sich verhältnismäßig behaglich. Er hatte zwar Schmerzen im ganzen Leib, aber ihm war, als würden sie allmählich schwächer und schwächer und würden schließlich ganz vergehen. Den verfaulten Apfel in seinem Rücken und die entzündete Umgebung, die ganz von weichem Staub bedeckt war, spürte er schon kaum. An seine Familie dachte er mit Rührung und Liebe zurück. Seine Meinung darüber, daß er verschwinden müsse, war womöglich noch entschiedener, als die seiner Schwester. In diesem Zustand leeren und friedlichen Nachdenkens blieb er, bis die Turmuhr die dritte Morgenstunde schlug. Den Anfang des allgemeinen Hellerwerdens draußen vor dem Fenster erlebte er noch. Dann sank sein Kopf ohne seinen Willen gänzlich nieder, und aus seinen Nüstern strömte sein letzter Atem schwach hervor.

Als am frühen Morgen die Bedienerin kam – vor lauter Kraft und Eile schlug sie, wie oft man sie auch schon gebeten hatte, das zu vermeiden, alle Türen derartig zu, daß in der ganzen Wohnung von ihrem Kommen an kein ruhiger Schlaf mehr möglich war –, fand sie bei ihrem gewöhnlichen kurzen Besuch bei Gregor zuerst nichts Besonderes. Sie dachte, er liege absichtlich so unbeweglich da und spiele den Beleidigten; sie traute ihm allen möglichen Verstand zu. Weil sie zufällig den langen Besen in der Hand hielt, suchte sie mit ihm Gregor von der Tür aus zu kitzeln. Als sich auch da kein Erfolg zeigte, wurde sie ärgerlich und stieß ein wenig in Gregor hinein, und erst als sie ihn ohne jeden Widerstand von seinem Platze geschoben hatte, wurde sie aufmerksam. Als sie bald den wahren Sachverhalt erkannte, machte sie große Augen, pfiff vor sich hin, hielt sich aber nicht lange auf, sondern riß die Tür des Schlafzimmers auf und rief mit lauter Stimme in das Dunkel hinein: »Sehen Sie nur mal an, es ist krepiert; da liegt es, ganz und gar krepiert!«

Das Ehepaar Samsa saß im Ehebett aufrecht da und hatte zu tun, den Schrecken über die Bedienerin zu verwinden, ehe es dazu kam, ihre Meldung aufzufassen. Dann aber stiegen Herr und Frau Samsa, jeder auf seiner Seite, eiligst aus dem Bett, Herr Samsa warf die Decke über seine Schultern, Frau Samsa kam nur im Nachthemd hervor; so traten sie in Gregors Zimmer. Inzwischen hatte sich auch die Tür des Wohnzimmers geöffnet, in dem Grete seit dem Einzug der Zimmerherren schlief; sie war völlig angezogen, als hätte sie gar nicht geschlafen, auch ihr bleiches Gesicht schien das zu beweisen. »Tot?« sagte Frau Samsa und sah fragend zur Bedienerin auf, trotzdem sie doch alles selbst prüfen und sogar ohne Prüfung erkennen konnte. »Das will ich meinen,« sagte die Bedienerin und stieß zum Beweis Gregors Leiche mit dem Besen noch ein großes Stück seitwärts. Frau Samsa machte eine Bewegung, als wolle sie den Besen zurückhalten, tat es aber nicht. »Nun,« sagte Herr Samsa, »jetzt können wir Gott danken.« Er bekreuzte sich, und die drei Frauen folgten seinem Beispiel. Grete, die kein Auge von der Leiche wendete, sagte: »Seht nur, wie mager er war. Er hat ja auch schon so lange Zeit nichts gegessen. So wie die Speisen hereinkamen, sind sie wieder hinausgekommen.« Tatsächlich war Gregors Körper vollständig flach und trocken, man erkannte das eigentlich erst jetzt, da er nicht mehr von den Beinchen gehoben war und auch sonst nichts den Blick ablenkte.

»Komm, Grete, auf ein Weilchen zu uns herein,« sagte Frau Samsa mit einem wehmütigen Lächeln, und Grete ging, nicht ohne nach der Leiche zurückzusehen, hinter den Eltern in das Schlafzimmer. Die Bedienerin schloß die Tür und öffnete gänzlich das Fenster. Trotz des frühen Morgens war der frischen Luft schon etwas Lauigkeit beigemischt. Es war eben schon Ende März.

Aus ihrem Zimmer traten die drei Zimmerherren und sahen sich erstaunt nach ihrem Frühstück um; man hatte sie vergessen. »Wo ist das Frühstück?« fragte der mittlere der Herren mürrisch die Bedienerin. Diese aber legte den Finger an den Mund und winkte dann hastig und schweigend den Herren zu, sie möchten in Gregors Zimmer kommen. Sie kamen auch und standen dann, die Hände in den Taschen ihrer etwas abgenützten Röckchen, in dem nun schon ganz hellen Zimmer um Gregors Leiche herum.

Da öffnete sich die Tür des Schlafzimmers, und Herr Samsa erschien in seiner Livree, an einem Arm seine Frau, am anderen seine Tochter. Alle waren ein wenig verweint; Grete drückte bisweilen ihr Gesicht an den Arm des Vaters.

»Verlassen Sie sofort meine Wohnung!« sagte Herr Samsa und zeigte auf die Tür, ohne die Frauen von sich zu lassen. »Wie meinen Sie das?« sagte der mittlere der Herren etwas bestürzt und lächelte süßlich. Die zwei anderen hielten die Hände auf dem Rücken und rieben sie ununterbrochen aneinander, wie in freudiger Erwartung eines großen Streites, der aber für sie günstig ausfallen mußte. »Ich meine es genau so, wie ich es sage,« antwortete Herr Samsa und ging in einer Linie mit seinen zwei Begleiterinnen auf den Zimmerherrn zu. Dieser stand zuerst still da und sah zu Boden, als ob sich die Dinge in seinem Kopf zu einer neuen Ordnung zusammenstellten. »Dann gehen wir also,« sagte er dann und sah zu Herrn Samsa auf, als verlange er in einer plötzlich ihn überkommenden Demut sogar für diesen Entschluß eine neue Genehmigung. Herr Samsa nickte ihm bloß mehrmals kurz mit großen Augen zu. Daraufhin ging der Herr tatsächlich sofort mit langen Schritten ins Vorzimmer; seine beiden Freunde hatten schon ein Weilchen lang mit ganz ruhigen Händen aufgehorcht und hüpften ihm jetzt geradezu nach, wie in Angst, Herr Samsa könnte vor ihnen ins Vorzimmer eintreten und die Verbindung mit ihrem Führer stören. Im Vorzimmer nahmen alle drei die Hüte vom Kleiderrechen, zogen ihre Stöcke aus dem Stockbehälter, verbeugten sich stumm und verließen die Wohnung. In einem, wie sich zeigte, gänzlich unbegründeten Mißtrauen trat Herr Samsa mit den zwei Frauen auf den Vorplatz hinaus; an das Geländer gelehnt, sahen sie zu, wie die drei Herren zwar langsam, aber ständig die lange Treppe hinunterstiegen, in jedem Stockwerk in einer bestimmten Biegung des Treppenhauses verschwanden und nach ein paar Augenblicken wieder hervorkamen; je tiefer sie gelangten, desto mehr verlor sich das Interesse der Familie Samsa für sie, und als ihnen entgegen und dann hoch über sie hinweg ein Fleischergeselle mit der Trage auf dem Kopf in stolzer Haltung heraufstieg, verließ bald Herr Samsa mit den Frauen das Geländer, und alle kehrten, wie erleichtert, in ihre Wohnung zurück.

Sie beschlossen, den heutigen Tag zum Ausruhen und Spa-

zierengehen zu verwenden; sie hatten diese Arbeitsunterbre-
chung nicht nur verdient, sie brauchten sie sogar unbedingt.
Und so setzten sie sich zum Tisch und schrieben drei Ent-
schuldigungsbriefe, Herr Samsa an seine Direktion, Frau
Samsa an ihren Auftraggeber, und Grete an ihren Prinzipal.
Während des Schreibens kam die Bedienerin herein, um zu
sagen, daß sie fortgehe, denn ihre Morgenarbeit war beendet.
Die drei Schreibenden nickten zuerst bloß, ohne aufzuschau-
en, erst als die Bedienerin sich immer noch nicht entfernen
wollte, sah man ärgerlich auf. »Nun?« fragte Herr Samsa.
Die Bedienerin stand lächelnd in der Tür, als habe sie der
Familie ein großes Glück zu melden, werde es aber nur dann
tun, wenn sie gründlich ausgefragt werde. Die fast aufrechte
kleine Straußfeder auf ihrem Hut, über die sich Herr Samsa
schon während ihrer ganzen Dienstzeit ärgerte, schwankte
leicht nach allen Richtungen. »Also was wollen Sie eigentlich?« fragte Frau Samsa, vor welcher die Bedienerin noch am
meisten Respekt hatte. »Ja,« antwortete die Bedienerin und
konnte vor freundlichem Lachen nicht gleich weiter reden,
»also darüber, wie das Zeug von nebenan weggeschafft werden soll, müssen Sie sich keine Sorge machen. Es ist schon
in Ordnung.« Frau Samsa und Grete beugten sich zu ihren
Briefen nieder, als wollten sie weiterschreiben; Herr Samsa,
welcher merkte, daß die Bedienerin nun alles ausführlich zu
beschreiben anfangen wollte, wehrte dies mit ausgestreckter

Hand entschieden ab. Da sie aber nicht erzählen durfte, erinnerte sie sich an die große Eile, die sie hatte, rief offenbar
beleidigt: »Adjes allseits,« drehte sich wild um und verließ
unter fürchterlichem Türezuschlagen die Wohnung.

»Abends wird sie entlassen,« sagte Herr Samsa, bekam aber
weder von seiner Frau noch von seiner Tochter eine Antwort,
denn die Bedienerin schien ihre kaum gewonnene Ruhe wieder gestört zu haben. Sie erhoben sich, gingen zum Fenster
und blieben dort, sich umschlungen haltend. Herr Samsa
drehte sich in seinem Sessel nach ihnen um und beobachtete
sie still ein Weilchen. Dann rief er: »Also kommt doch her.
Laßt schon endlich die alten Sachen. Und nehmt auch ein
wenig Rücksicht auf mich.« Gleich folgten ihm die Frauen,
eilten zu ihm, liebkosten ihn und beendeten rasch ihre Briefe.

Dann verließen alle drei gemeinschaftlich die Wohnung, was
sie schon seit Monaten nicht getan hatten, und fuhren mit
der Elektrischen ins Freie vor die Stadt. Der Wagen, in dem
sie allein saßen, war ganz von warmer Sonne durchschienen.
Sie besprachen, bequem auf ihren Sitzen zurückgelehnt, die
Aussichten für die Zukunft, und es fand sich, daß diese bei
näherer Betrachtung durchaus nicht schlecht waren, denn aller drei Anstellungen waren, worüber sie einander eigentlich
noch gar nicht ausgefragt hatten, überaus günstig und besonders für später vielversprechend. Die größte augenblickliche

Besserung der Lage mußte sich natürlich leicht durch einen Wohnungswechsel ergeben; sie wollten nun eine kleinere und billigere, aber besser gelegene und überhaupt praktischere Wohnung nehmen, als es die jetzige, noch von Gregor ausgesuchte war. Während sie sich so unterhielten, fiel es Herrn und Frau Samsa im Anblick ihrer immer lebhafter werdenden Tochter fast gleichzeitig ein, wie sie in der letzten Zeit trotz aller Pflege, die ihre Wangen bleich gemacht hatte, zu einem schönen und üppigen Mädchen aufgeblüht war. Stiller werdend und fast unbewußt durch Blicke sich verständigend, dachten sie daran, daß es nun Zeit sein werde, auch einen braven Mann für sie zu suchen. Und es war ihnen wie eine Bestätigung ihrer neuen Träume und guten Absichten, als am Ziele ihrer Fahrt die Tochter als erste sich erhob und ihren jungen Körper dehnte.

法蘭茲・卡夫卡生平年表

1883 年	0	出生在布拉格（今捷克首都）的一個中產階級、講德語的猶太家庭，為家中長子，有二個弟弟三個妹妹。卡夫卡在世時，布拉格的大多數人口都說捷克語，卡夫卡的捷克語和德語皆流利，但平日大多使用德語。
1889 年	6	就讀於位於曼斯納街的德意志男子小學。
1893 年	10	小學畢業後，考入了古典文學的文法類高級中學——德意志阿爾特斯泰特中學。該學校以德語為教學語言，卡夫卡在學校學了八年的捷克語，最終並取得了好成績。雖然卡夫卡因捷克語而得到了稱讚，而且他說的德語中也摻雜了捷克語口音，但他從未認為自己捷克語說得流利。
1901 年	18	完成了高級中學結業考試。
1901 年	18	被布拉格德語查理・斐迪南大學錄取，開始學化學，但在兩週後轉而開始學習法律學，因在畢業後，這一領域可以提供一系列的就業機會，並會使父親感到滿意。除此之外，法學的課程較多，這樣留在學校的時間就會更多一些，也就因此提供了學習德語和德國藝術歷史的時間。
1906 年	23	成為法學博士，之後無償地做了一年強制的民事和刑事法庭的法律助理。
1907 年	24	被義大利忠利保險公司聘用，並開始寫作，在這家公司工作了將近一年的時間。
1911 年	28	妹妹加布里埃爾的丈夫卡爾・赫爾曼和卡夫卡在布拉格的第一家石棉工廠：赫爾曼布拉格石棉製造公司成為合伙人。最初卡夫卡的態度是十分積極的，將自己空餘時

		間都投入於此。之後開始埋怨這份工作侵犯了他的寫作時間。
1912 年	29	《沉思》出版。
1915 年	32	《變形記》出版。
1915 年	32	收到了一戰的徵兵令,但是卡夫卡所在的保險公司卻安排職工延期工作,因為保險公司被政府認為是必要的政治服務。之後,他嘗試加入軍隊。
1917 年	34	被診斷為有肺結核因而被拒絕加入軍隊。
1918 年	35	工傷保險機構因卡夫卡的病狀且由於當時醫院沒有治療的方法而給他補貼了津貼,卡夫卡將剩餘的大部分時間花在了療養院。
1924 年	41	病情惡化,6 月 3 口逝世於療養院,享年 41 歲。

變形記/法蘭茲·卡夫卡著；詹蕎語譯. -- 初版. -- 臺北市：
笛藤出版圖書有限公司, 2023.06

　　面；　公分

譯自：Die Verwandlung

ISBN 978-957-710-898-2(平裝)

882.457　　　　　　112008223

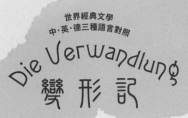

世界經典文學
中·英·德三種語言對照

Die Verwandlung
變形記

2023年 6月28日　初版第一刷　定價300元

著　　　者	法蘭茲·卡夫卡
譯　　　者	詹蕎語
美術編輯	王舒玗
總 編 輯	洪季楨
編輯企劃	笛藤出版
發 行 所	八方出版股份有限公司
發 行 人	林建仲
地　　　址	台北市中山區長安東路二段171號3樓3室
電　　　話	(02) 2777-3682
傳　　　眞	(02) 2777-3672
總 經 銷	聯合發行股份有限公司
地　　　址	新北市新店區寶橋路235巷6弄6號2樓
電　　　話	(02)2917-8022·(02)2917-8042
製 版 廠	造極彩色印刷製版股份有限公司
地　　　址	新北市中和區中山路二段380巷7號1樓
電　　　話	(02)2240-0333·(02)2248-3904
郵撥帳戶	八方出版股份有限公司
郵撥帳號	19809050